KB097272

하늘 호수로 떠난 여행

하늘 호수로 떠난 여행

류시화

열림원

우리가 낯선 곳으로 여행을 떠나는 것은

새로운 세상을 보기 위해서가 아니라

세상을 보는 새로운 눈을 뜨기 위해서다.

−마르셀 프루스트

Cover Painting © Olaf Hajek

Illustration © Priya

날이 밝았으니 이제 여행을 떠나야 하리

시간은 과거의 상념 속으로 사라지고

영원의 틈새를 바라본 새처럼

길 떠나야 하리

다시는 돌아오지 않으리라

그냥 저 세상 밖으로 걸어가리라

한때는 불꽃 같은 삶과 바람 같은 죽음을 원했으니

새벽의 문 열고

여행길 나서는 자는 행복하여라

아직 잠들지 않은 별 하나가

그대의 창백한 얼굴을 비추고

그대는 잠이 덜 깬 나무들 밑을 지나

지금 막 눈을 뜬 어린 뱀처럼 홀로 미명 속을 헤쳐가야 하리

이제 삶의 몽상을 끝낼 시간

순간 속에 자신을 유폐시키는 일도 이제 그만

종이꽃처럼 부서지는 환영에 자신을 묶는 일도 이제는 그만

날이 밝았으니 불면의 베개를 머리맡에서 빼내야 하리

오, 아침이여, 거짓에 잠든 세상 등 뒤로 하고

깃발 펄럭이는 영원의 땅으로 홀로 길 떠나는 아침이여

아무것도 소유하지 않은 자

혹은 충분히 사랑하기 위해 길 떠나는 자 행복하여라

그대의 영혼은 아직 투명하고

사랑함으로써 그것 때문에 상처 입기를 두려워하지 않으리

그대가 살아온 삶은

그대가 살지 않은 삶이니

이제 자기의 문에 이르기 위해 그대는

수많은 열리지 않는 문들을 두드려야 하리

자기 자신과 만나기 위해

모든 이정표에게 길을 물어야 하리

길은 또 다른 길을 가리키고

세상의 나무 밑이 그대의 여인숙이 되리라

별들이 구멍 뚫린 담요 속으로 그대를 들여다보리라

그대는 잠들고 낯선 나라에서

모국어로 꿈을 꾸리라

여행자를 위한 서시

1997년 여름, 류시화

어디에 있든 자유롭고 행복하기를
개정판을 내며

한 여행자가 인도에서 기차를 탔는데 검표원이 표를 보여 달라고 했다. 그 외국 여행자는 바지 주머니를 뒤지고 배낭을 뒤졌지만 끝내 표를 찾을 수 없었다. 당황한 그가 허둥대자 검표원이 충고했다.

"사람들은 대개 웃옷 안주머니에 표를 넣어 두는데, 당신은 왜 그곳을 확인하지 않소?"

그러자 여행자가 말했다.

"그곳은 안 됩니다. 만약 그곳을 확인했는데 표가 없으면 마지막 희망이 사라지기 때문입니다."

25년 전 내가 처음 인도를 향해 떠날 무렵, 삶의 진리에 목마른 많은 이들이 동서양에서 인도로 모여들었다. 그들은 기존의 종교와 철학이 주지 못하는 근원적인 의문에 대한 해답을 얻기 위해 명상 센터를 찾고 구루들에게 입문했다. 나 역시 라즈니쉬(후에

'오쇼'로 개명)라는 스승을 만나러 새벽 1시 뭄바이 공항에 도착했다. 뭄바이에서 기차로 다섯 시간 거리의 푸나 시에 위치한 명상 센터는 전 세계에서 온 구도자들의 열기로 가득했다. 우리는 매일 스승의 강의를 듣고, 명상을 배우고, 다른 영적 스승들에 대한 정보를 교환했다.

어느 날 나는 독일인 친구로부터 뭄바이 외곽에 훌륭한 스승이 있다는 말을 듣고 혼자 그곳으로 향했다. 많은 심각한 질문들을 마음에 품고서. 그런데 막상 만나 보니 그는 친절하고 연민심 많은 스승이긴 했지만 영어를 거의 할 줄 몰랐고, 나는 힌디어 초보자였다. 통역해 줄 이도 마땅히 없었다. 결국 질문은 호주머니에서 꺼내지도 못하고 그가 인도인 제자들과 나누는 대화를 들으며 꾸벅꾸벅 조는 수밖에 없었다. 나는 푸나로 돌아가지 않고 그 마을에서 며칠을 머물렀는데, 스승인 그 노인보다 명상 센터의 꽉 짜인 프로그램에서 해방되어 물소들이 어슬렁거리는 한적한 시골을 하릴없이 거니는 것이 좋았기 때문이다. 공작새 눈을 한 아이들을 열렬한 추종자로 거느리고서. 그렇게 오전엔 산책을 즐기고 오후엔 다르샨(스승과의 친견)에 참석해 마냥 졸았다.

그렇게 며칠이 지났고, 명상 센터로 돌아갈 시간이 되어 나는 배낭을 메고 마지막으로 그 스승을 찾아갔다. 내가 작별 인사를 하고 돌아서는데 그가 나를 불러 세웠다. 그는 자기 앞 탁자 위에 놓인 박하사탕 몇 개를 집어 내게 주며 영어로 말했다.

"*Be happy*(행복하라)!"

인생의 근본 문제를 해결할 심오한 진리를 찾는 나에게 그 말은 그저 다정한 조언이었고, 나는 한 노인의 덕담이라 여기고서 그곳을 떠났다. 나보다 더 서운해하는 아이들과 열렬히 손을 흔들어 작별하며.

그 후 나는 매년 인도를 여행하고 많은 구루들, 사두들, 승려들, 판디트(학자)들을 만났다. 그리고 세월이 흐를수록 그들의 말과 가르침이, 인간이 발견해 온 모든 형이상학적인 해답들이 그 한마디로 회귀한다는 것을 깨달았다.

"어디에 있든 행복하라!"

어느 곳을 여행하고, 어떤 추구를 하고, 누구와 함께하든 중요한 것은 '나는 행복한가?'였다. 그리고 그 행복은 일시적인 것이 아니라 내 마음 구석구석을 밝게 비추는 행복이어야 했다. 그런 행복을 인도인들은 '지복(아난드. 신이 준 축복)'이라 부른다. 그리고 그 행복은 마음의 자유에서 온다. 여행길마다에서 나는 자문한다. '나는 행복한가? 진정 자유로운가? 행복의 기차표는 내 가슴 안쪽에 간직되어 있는가?'

지금 첫 인도 여행기의 개정판을 내며 스스로 던지는 질문도 그것이다. 표 없이 기차를 타는 것은 불안한 일이다. 더구나 인도의 기차는 대부분 수십 시간이 넘는 장거리 여행이며, 검표원은 눈이 매섭다. '행복'이라는 표가 없으면 여행을 망칠 것이다.

푸나의 안개 긴 거리에서 심호흡하며 탈황이 덜 된 가솔린과

강한 향과 소똥 냄새로 폐를 채우던 그때 이후 많은 것이 변했다. 마드라스는 첸나이로, 봄베이는 뭄바이로 바뀌고, 캘커타는 콜카타가 되었다. 지명의 변화와 함께 물가와 인심도 변하고 전통과 풍경들도 달라졌다. 50파이샤이던 짜이는 5루피가 넘는다. 스페셜 짜이는 무려 10루피이다. 그것이 나한테는 가장 크게 다가온다. 매일 서너 잔의 짜이를 마셔야 하기 때문이다. 전통 의상을 입고 이마 한가운데 붉은 티카를 찍던 사람들은 이제 여성을 제외하곤 거의 대부분 현대식 복장으로 바뀌었다. 때로는 나보다 그들이 더 바쁘고, 버스가 제시간에 출발하지 않으면 나보다 더 크게 항의하고, 때로는 나보다 더 물질적이다. 어떤 때는 과거의 그들이 그립다.

처음 2, 3년간은 한국인을 한 명도 만나지 못했었는데 이제는 어느 곳에 가든 한국인 여행자와 부딪친다. 여행자라곤 거의 없던 라자스탄의 외딴 마을 쿠리는 이제 필수 여행 코스가 되었다. 어느 마을, 어느 가게에나 필요한 물품들이 있어서 두루마리 화장지까지 배낭에 넣어 가야 했던 시절은 옛 추억담이 되었다. 온갖 세간살이를 짊어지고 기차에 오르는 가족들의 풍경도 보기 힘들어졌다. 기차는 두 배로 빨라지고, 좌석 배정은 철저하다. 아무도 버스 지붕에 앉아 여행하지 않는다.

또 다른 차원의 앎을 내게 선물한 스승들도 다 세상을 떴다. 진리에 대한 갈구로 머리를 뜨겁게 만든 푸나의 오쇼, '깨달음은 마음의 허구'임을 일깨워 준 뭄바이의 U. G. 크리슈나무르티, 과거가 아니라 지금 이 순간을 들여다보면 자유 그 자체가 된다고 알려준 럭나우의 스리 푼자 바바, 언제나 자신의 마음에 대해 깨어 있기를 촉구한 보드가야의 무닌드라, 그리고 갠지스 강가에서 아침마다 내 가슴팍을 찌르며 사원은 바로 이 안에 있다고 말하던 수크데브 바바지, 마지막 순간까지 『바가바드 기타』를 풀이해 준 바라나시의 초베 스승……. 이들 모두 새장 밖으로 날아갔다.

그러나 많은 것이 변했어도 변하지 않은 것이 있다. 콜카타의 거리에는 여전히 지구상에 존재하는 모든 교통수단이 있다. 바라나시 뒷골목은 수세기 전과 마찬가지로 빛과 어둠이 교차해 내린다. 꽃과 물감을 자욱이 뿌려 대는 축제날은 어김없이 찾아오고, 부의 여신 락슈미는 등불이 많이 켜진 집들로 내려온다. 갠지스 강은 여전히 평화롭게 흐르고, 마니카르니카 가트의 화장터 불은 수천 년째 타고 있다. 장거리 심야 버스의 고성능 스피커는 여전히 영화음악으로 고막을 찢는다. 비참한 것도 그대로이고, 우스꽝스러운 것도 숭고한 것도 놀라운 것도 있다.

아직도 대부분 인도인들의 참을성은 신을 능가한다. 영원한 시간 체계 안에서 움직이는 생명체처럼 하루나 이틀쯤의 기차 연착은 묵묵히 견디며, 나와의 약속도 아무렇지 않게 어긴다. 그래서 일회적인 인생에 묶인 내 조바심을 재확인시킨다. 그들 속에서 초조해하고 불안해하는 것은 여전히 나이다.

세상을 창조한 브라흐마 신이 비서를 데리고 인도 여행을 왔다. 자신이 만든 피조물들이 잘 살고 있는지 확인하기 위해서였다.

도중에 그들은 충격적인 장면을 목격했다. 소들이 벽에다 질서정연하게 똥을 누어 떨어지지 않게 만든 것이었다. 브라흐마 신은 인도의 소에게 한 수 배워야겠다며 소동을 피웠다. 인도인들이 연료로 쓰려고 소똥을 모아다가 벽에다 붙여 놓고 말리는 것을 신은 미처 몰랐던 것이다.

벽에 붙은 소똥을 볼 때마다 20년째 이 이야기를 해 주는 인도인 친구를 나는 가지고 있다. 세월이 흘러도 변함없는 친구들을 가진 것도 이 여행이 내게 준 축복이다. 초기부터 나와 함께 여행하고 지역마다 다른 언어들을 통역해 준 산자이 미쉬라, 수닐 티와리, 캄레시 초베, 요기 마노즈, 수먼 초우라시아, 바이얄랄 초우라시아, 산자이 사하니, 옴 프라카시, 릭진 추비, 라비 구룽……. 이들은 명상 센터의 그 누구보다도 나의 칼야나미타(영적인 친구, 도반)들이다. 많은 현지인 친구들을 가진 자만큼 행복한 여행자는 없다. 그 점에서 나는 누구보다 행복한 인도 여행자였다. 그들이 없었다면 여행의 풍요로움과 기쁨은 반으로 줄어들었을 것이다. 이들은 내가 한국에서도 배가 고플 때마다 그들이 집에서 만들어 주던 인도 음식을 그리워하게 만든 사람들이다.

여행자들은 흔히 여행지의 변화만을 이야기하고 여행자 자신들의 변화는 잘 이야기하지 않는다. 사람들은 인도가 많이 변했다고 말하지만, 사실 가장 많이 변한 것은 여행자들 자신이다. 내가 처음 여행할 당시 인도 여행자 대부분은 첫 도착지가 요가 아쉬람이나 명상 센터였다. 비틀즈 멤버들이 인도에 간 것도 리시케시의 성자를 만나기 위해서였다. 이제 그런 여행자는 드물다. 더 많이 변한 것은 우리 자신이며, 우리 내면의 내용물이고, 여행의 풍속도이다.

'우리는 우리가 보고 싶은 것만을 본다'라는 말은 인도 여행에 대해서도 진실이다. 당신의 여행은 전적으로 당신이 그곳에서 누구를 만나고 무슨 경험을 했는가에 달려 있다. 당신에게 남는 것은 그 여행이다. 몇 달을 여행해도 당신이 손으로 카레를 먹어 보지 않는다면 당신은 '인도에는 카레가 없다'고 주장할 것이다. 거리의 사두들을 머리 길고 지저분한 걸인으로 치부한다면 당신은 힌두스탄 평원과 히말라야에서 인간이 수천 년간 추구해 온 신과 진리에 대한 갈구를 외면하는 것이다. 당신의 문제를 놓고 대화할 영적 스승을 찾으려 하지 않았다면, 당신은 내가 인도를 신비화시킨다고 지적할 것이다. 많은 문제를 안고 있는 나라이지만 수많은 붓다를 탄생시키고 삼장법사에서 히피에 이르기까지 새로운 길을 추구하는 다양한 사람을 끌어당긴 영적인 자기장, 궁극의 여행을 권유하는 나라가 인도이다. 삶의 근원적인 의문에 사로잡힐 때 당신은 어디로 여행을 떠날 것인가?

그렇다, 이 여행에서 성자도 보고 도둑도 보고 병자도 보고 걸인도 보고 허풍쟁이도 볼 것이다. 외로운 이도 보고 가난한 아이들도 볼 것이다. 강에 떠가는 시체도 보고 밤에는 꽃등불도 볼 것이다. 그들 모두가 당신에게 화두를 던질 것이다. '너는 지금 어디로 가고 있는가?' 줄곧 사진을 찍는다면 카메라 메모리카드에 그

풍경들이 찍히겠지만, 가슴에 찍힐 경험들은 많이 놓치게 될 것이다. '가슴으로 만나야 한다.' 이것은 모든 여행 가이드북의 첫 페이지에 인쇄되어야 할 황금의 문장이다. 가슴으로 만날 때 당신은 모든 장소에서 자주 웃고 자주 울게 될 것이다. 모든 여행이 그렇듯이 인도는 인구 10억의 미로 속을 헤매는 것과 같다. 반짝이는 보석들이 감춰진 미로 속을. 그것들은 가슴을 가진 자에게만 발견된다. "성지 순례자의 물병은 성지를 모두 순례했지만 전과 마찬가지로 여전히 물병으로 남아 있다."라는 힌두 노인의 말을 나는 새겨들었다.

세계와 나 사이에는 벽이 있다. 우리는 그것을 통과하지 않으면 안 된다. 여행이 주는 선물이 그것이다. 나는 마르셀 프루스트의 말에 동의한다.

"유일하게 진정한 여행, 젊음의 유일한 원천, 그것은 새로운 세상을 찾아 떠나는 것이 아니라, 세상을 보는 새로운 시각을 갖는 것이다. 다른 사람의 눈, 다른 100인의 눈으로 세계를 보는 것이다. 그들 각자가 보고, 그들 각자가 지닌 100개의 세계를 보는 것이다."

사람들은 나더러 왜 인도를 아름답게만 묘사하느냐고 묻는다. '그런 인도는 존재하지 않는다'고 말하는 이들도 있다. 그렇다, 그런 아름다운 인도는 내가 경험한 세계이며, 내 눈으로 본 세상이다. 물론 추한 인도, 위험한 인도, 슬픈 인도도 보았다. 사기꾼과 강도와 부패한 관리들도 보았다. 명상 센터 밖으로 나올 때마다

밀려드는 걸인과 병자들을 보며 나 자신이 현실도피를 하고 있음을 느꼈다. 그러나 나는 또한 영혼이 아름다운 사람들도 만났다. 그들은 마치 짜이왈라, 릭샤꾼, 늙은 사두, 가짜 수행자로 변장하고 내 앞에 나타나는 영화배우들 같았다. 나는 자주, 내가 지나가면 어딘가에서 영화감독이 그 배우들을 내 앞으로 지나가게 하는 것이라고 상상하곤 했다. 그만큼 그들은 엉뚱하고, 기발하고, 우스꽝스럽고, 때묻은 손가락으로 정곡을 찔렀다.

옴나마시바야 바바는 외국인 여행자들이 지나가는 길목에서 구걸을 하는 사람이다. 몹시 음치인 그는 가만히 앉아 있다가 여행자가 다가오면 한껏 고조된 목소리로 성스러운 만트라를 외며 적선을 청한다. 그가 가짜 사두라는 걸 알았기 때문에 나는 매일 마주치면서 한 푼도 주지 않았다. 어느 날 저녁 나는 우연히 그가 하루 종일 구걸한 돈을 주변의 사두들에게 나눠 주는 것을 목격했다. 그다음 날도 그는 그렇게 했다. 그리고 그다음 날도. 그는 잘 곳조차 없는 노인이었다. 누가 더 진짜인가? 그를 '가짜'라고 치부했던 나인가?

포르투갈의 시인 페르난두 페소아는 이렇게 말했다. "묘사를 한 들판은 실제 초록빛보다 더 푸르러야 한다. 자신이 여행한 나라를 묘사할 때는 실제 풍경보다 더 아름다워야 한다." 나 역시 시인으로서, 내가 본 아름다운 세상을 전하려고 노력한다. 나를 감동시키고, 내 영혼을 성장시켜 준 만남들에 대해. 나로 하여금 세상을 보는 새로운 눈을 뜨게 해 준 경험에 대해. 그것이 내 글의 지향성이다.

당신이 체험하는 인도는 이 인도와는 다를지 모른다. 여행의 지도는 저마다 다르다. 따라서 여행자 각각의 인도가 존재한다. 사람들 각각의 세상이 존재하듯이. 그리고 그 각각의 세상이 모두 변함없이 매력적이고 도전적인 곳이라고 나는 생각한다. 인도에 가면 생사관이 바뀐다는 말은 진실이다. 그래서 '너는 무엇을 배웠으며, 인생관이 어떻게 바뀌었는가?' 여행이 우리에게 던지는 질문은 그것이다.

인도를 여행하고 온 사람들은 처음 인도로 떠나는 사람들에게 많은 충고를 한다. '조심해야 할 것'의 긴 목록이 나열된다. 물을 조심하고, 게스트하우스와 라시 가게의 망고 라시를 조심하고, 인도 남자들을 조심하고, 기차역 앞의 릭샤꾼들을 조심하라. 범죄와 강도가 판치는 위험한 나라인 것이다. 나 역시 '조심하라'고 자주 조언한다. 무엇보다 자신의 관념과 편견으로 세상을 바라보는 것을. '진정한 여행은 이질적인 마주침과 신체적 변이를 경험하고 하나의 문턱을 넘는 체험을 하는 것'이라고 고미숙 인문학자가 말했듯이.

이 세상에 태어나려고 준비하는 영혼에게 당신은 어떤 조언을 할 것인가? 이 세상에 대해 어떤 이야기와 경험을 들려줄 것인가? 물론 당신은 그 초보 영혼을 위해 지구 행성에서 조심해야 할 것들을 밤새도록 이야기할 것이다. 어쩌면 이 고통스럽고 위험한 세상에 태어나지 말라고 말릴지도 모른다. 또한 물론, 당신은 이 세상엔 아름다운 것들이 많으며, 아름다운 사람들이 곳곳에서 기다리고 있다고 말해 주지 않겠는가? 우리가 세상을 보는 시각에 따라 세상은 다른 모습을 우리에게 보여 줄 것이라는 진리도. 이 세상으로의 여행은 신이 주는 최고의 선물이라는 것도.

이 여행에서 아름다운 사람들을 얼마나 많이 만났는가? 그 여정은 얼마나 아름다웠는가? 그리고 나 자신은 타인에게 아름다운 사람이기 위해 얼마나 노력했는가? 모든 여행을 마쳤을 때 말해야 할 것은 그것이다. 『하늘 호수로 떠난 여행』은 그러한 나의 이야기이다.

인도의 거리에서 만난다면 짜이 한 잔 나누게 되기를.

2015년 여름, 류시화

차례

빈자의 행복

차루는 허풍쟁이였다. 걸핏하면 허풍을 떨었다. 그리고 말끝마다 "노 프라블럼!"을 외쳤다.

차루는 키가 작고 못생겼다. 그는 내가 묵고 있는 남인도 첸나이의 게스트하우스 앞에서 아침마다 오토 릭샤(오토바이를 개조해 만든 바퀴 셋 달린 간이택시)를 받쳐 놓고 손님을 기다렸다. 내가 게스트하우스 문을 나서면 차루는 운전석에 앉아 꾸벅꾸벅 졸고 있다가도 다른 릭샤꾼들을 제치고 재빨리 달려왔다. 그러고는 날 모시고 다니려고 이른 새벽부터 대기하고 있었노라고 허풍을 떨었다.

처음 차루의 릭샤를 탔을 때 연신 기침을 해대는 것이 안돼 보여 약 사 먹으라고 차비를 더 얹어 준 적이 있었다. 그것이 화근이었다. 그날부터 차루는 아예 나를 자기 주인으로 모시기로 작정한 듯 어딜 가나 따라다녔다.

나는 약간 창피했다. 오리 궁둥이를 한 못생긴 차루가 아무 데서나 "주인님, 주인님!" 하며 아는 체를 하는 데는 문제가 있었다. 나를 보기만 하면 차루는 목에 걸쳤던 지저분한 수건으로 릭샤 뒷좌석의 먼지를 털며 어서 타라는 시늉을 했다. 근처 우체국에 가는 길이며, 걸어가도 충분한 거리라고 설명해도 막무가내였다. 그저 손을 흔들며 소리쳤다.

"노 프라블럼, 써(아무 문제없어요, 선생님)!"

날마다 비싼 릭샤를 타고 다닐 만큼 돈이 많지 않다고 말하면, 그는 또 엉덩이까지 흔들며 외쳤다.

"노 프라블럼, 써!"

돈 같은 건 문제가 아니니 어서 타라는 것이었다. 차루는 정말로 인생에 아무런 문제가 없는 것처럼 보였다. 가진 거라곤 홑바지밖에 없으면서도 언제나 밝고 익살맞았다. 또 인도인 특유의 그 끈질김이란!

마침내 하는 수 없이 내가 릭샤에 올라타면 차루는 차창에 매단 고무나팔을 뿌웅뿌웅 울려대며 인파 가득한 거리로 내달렸다. 앞에서 거치적거리는 사람이 나타나면, 노인이든 예쁜 처녀든 차루에게 된통 욕을 얻어먹어야 했다.

한번은 시내에 있는 나라다 사바 음악회관에 가던 중에 서류 가방을 든 관리가 길을 비키지 않자, 차루는 또다시 뿌웅뿌웅 경적을 울리며 욕을 한 바가지 퍼부었다. 천한 릭샤 운전사에게 욕을 먹은 고급 관리는 잔뜩 화가 났다. 그는 막을 새도 없이 차루의 왼쪽 뺨을 후려쳤다. 바라보고 있던 나까지도 눈에서 불꽃이 튈 만큼 험악한 손찌검이었다.

차루는 천민이었다. 신분 차별 관습이 깊이 뿌리박힌 인도 사회에서 차루는 아무 힘이 없었다. 그래서 관리의 뺨을 맞받아칠 수도 없었다. 차루는 얼얼한 뺨을 어루만지기만 했다. 관리는 그것도 모자라 또 한 대 후려칠 기세였다.

마냥 구경만 하고 있을 수가 없었다. 나는 얼른 릭샤에서 뛰어내려 관리를 가로막고 힘껏 떠다밀었다. 외국인이 떠다밀자 뚱뚱한 관리는 중심을 잡지 못하고 엉겁결에 소똥 위로 자빠지고 말았다. 순식간에 인도인들이 몰려들었다.

그대로 있다간 사태가 불리했다. 나는 릭샤에 올라타며 차루에게 소리쳤다.

"찰로, 찰로!"

'찰로'는 빨리 내빼자는 뜻이다. 차루는 뿌웅뿌웅 고무나팔을 울리며 바람처럼 릭샤를 내몰았다. 음악회관에 도착해 보니 차루는 뺨에 벌겋게 손자국이 나 있었다. 걱정이 된 내가 괜찮으냐고 묻자 차루는 목소리도 낭랑하게 외쳤다.

"노 프라블럼, 써!"

음악회관에 앉아 인도의 대표적인 현악기 시타르 연주를 듣고 있는데 마당에서 기다리고 있는 차루가 마음에 걸렸다. 욕을 한 건 잘못이지만 뺨을 때리다니. 차루는 몇 살이나 됐을까? 결혼은 했을까? 가족은 있을까? 차루에 대해 궁금한 게 많았지만, 그렇다고 대놓고 물어볼 수도 없었다. 안 그래도 이번 사건을 계기로 더욱 친근하게 굴 게 틀림없었다. 아마 이젠 친동생처럼 따라다니려고 할지도 모를 일이었다.

연주회가 끝나서 나가 보니 차루는 운전석에 앉아 모든 걸 잊고 꾸벅꾸벅 졸고 있었다.

게스트하우스로 돌아오는 길에 나는 차루에게, 저녁에 공항에 함께 갈 수 있느냐고 물었다. 차루는 깜짝 놀라며 오늘 떠나느냐고 했다. 그런 게 아니라 내 친구들이 오늘 밤 인도에 도착할 예정이어서 마중을 나가야 한다고 설명하자 차루는 명랑하게 소리쳤다.

"당신의 친구라면 곧 내 친구인데 당연히 나가야죠. 노 프라블럼!"

그런데 나중에 알게 된 사실이 한 가지 있었다. 차루는 공항 주차장에 릭샤를 세워 둘 수 없었다. 그곳은 다른 릭샤꾼들의 세력권이었던 것이다. 잘못하다간 또 얻어맞을지도 모를 일이었다.

차루는 그런 설명도 없이, 공항에서 1킬로미터 떨어진 길가 숲에다 릭샤를 숨겨 놓겠다고 고집을 부렸다. 이유를 물어도 대답하지 않았다. 차루는 나를 공항에 내려 준 뒤 곧장 사라지더니 그

먼 거리에 릭샤를 감춰 두고 맨발로 뛰어왔다.

비행기가 도착했으나 친구들은 좀처럼 나타나지 않았다. 카레 냄새 풍기는 구름 떼 같은 인도인들 틈에서 목을 빼고 서 있기란 쉬운 일이 아니었다. 차루는 그동안 다른 릭샤꾼들의 눈을 피해 대합실 밖 기둥 옆에 숨어 있었다. 수건으로 얼굴을 가린 채 빼꼼히 눈만 내놓고서 나를 바라보았다.

한 시간쯤 지났을 때였다. 주위가 소란스러워 고개를 빼고 쳐다보니 차루의 모습이 보이지 않았다. 불길한 예감에 나는 서둘러 대합실 밖으로 뛰어나갔다. 아니나 다를까, 차루는 바닥에 넘어져 있고 입술에선 피가 흐르고 있었다.

차루 주위로 웅성거리며 사람들이 모여들었다. 또 누구한테 얻어맞은 걸까. 나는 황급히 차루를 일으켜 세웠다. 그런데 알고 보니 차루는 기둥에 기대어 졸다가 앞으로 자빠지는 바람에 입술을 깬 것이었다. 어처구니없어 하는 나에게, 차루는 얼굴을 가렸던 수건으로 상처를 닦으며 소리쳤다.

"노 프라블럼, 씨!"

마침내 내 친구들이 나타났다. 번개처럼 뛰어가 릭샤를 가져온 차루는 내 친구들을 얼싸안으며, 나의 둘도 없는 인도인 친구 행세를 하는 것이었다. 입술이 쿤타킨테처럼 부르튼 채로. 친구들은 내가 어쩌다가 이런 괴상한 인도 친구를 사귀게 됐나 하는 표정들이었다.

다음 날 아침, 나는 차루에게 내 일행과 함께 남쪽 도시로 여행을 떠나려 하니 버스표를 사다 달라고 부탁했다. 인도는 버스표나 기차표를 구하기 힘들기 때문에 그런 식으로 예약을 해 두는 것이 안전했다. 차루는 아무 걱정하지 말라고 큰소리쳤다. 버스표 살 돈을 주겠다고 해도 그만한 돈쯤은 자기가 갖고 있으니, 표를 사 온 다음에 달라고 했다. 나중에 심부름 삯까지 쳐서 두둑이 받을 심산인 듯했다.

그러나 저녁때까지 게스트하우스로 버스표를 갖고 오기로 한 차루는 밤 12시가 되어도 나타나지 않았다. 우리는 할 수 없이 이른 아침에 버스 정류장으로 가서 웃돈을 얹어 주고서야 겨우 버스에 올라탈 수 있었다.

근처 도시에 있는 스리 오로빈도 명상 센터에 다녀온 이튿날, 거리에서 차루와 마주쳤다. 차루는 릭샤에서 뛰어내리며 반갑게 아는 체를 했다. 나는 화가 나서 버스표에 대해 따져 물었다. 차루는 놀라는 시늉을 하며 또 허풍을 떨었다.

"아아, 맞아요. 버스표가 있었지요! 그런데 그만 길이 막혀서 늦고 말았지 뭡니까!"

말도 안 되는 변명이었다. 무슨 길이 막혔느냐고 따지자 차루는 얼른 고백했다.

"아아, 맞아요. 사실은 깜빡 잊고 말았어요."

기가 막힐 노릇이었다. 이런 친구를 믿고 버스표 예약을 맡긴 나 자신이 한심했다. 내가 화를 내며 앞으로 걸어가자 차루는 뒤따라오며 여행은 잘 다녀왔느냐고 물었다. 나는 여전히 무뚝뚝한 얼굴로 그렇다고 짧게 대답했다.

그러자 차루가 내 앞을 가로막으며 말했다.

"그렇다면 왜 화를 내시는 거죠? 잘 다녀왔으면 그걸로 노 프라블럼 아닌가요? 이미 지나간 일인데 그런 것 때문에 화를 낸다면 어리석은 일 아닌가요?"

이제는 그놈의 '노 프라블럼' 소리도 지겨웠다. 나는 냉정하게 차루를 밀쳐 냈다. 그 순간 차루가 또 거리에서 배운 서툰 영어로 말하는 것이었다.

"모든 것은 당신 자신의 업이에요. 이미 수천 년 전부터 정해져 있는 일인 걸 내가 어쩌란 말인가요. 어쨌든 현실의 결과를 받아들여야지요."

그렇게 말하는 순간, 차루는 한낱 릭샤 운전사가 아니었다. 인생의 문제를 초월한 성자와 조금도 다르지 않았다. 인도 사회의 가장 밑바닥 계층에서 어느덧 깨달음을 얻은 힌두 명상가로 변신해 있었다.

희랍의 철학자 제논이 상인이었던 시절의 일이다. 그의 집에는 특별한 노예가 한 명 있었다. 어느 날 제논이 화가 나서 노예의 뺨을 때리자 노예는 평온한 목소리로 제논에게 말했다고 한다.

"저는 아득히 먼 옛날부터 이 순간에 주인님에게 뺨을 맞도록 되어 있었고, 주인님은 또 제 뺨을 때리도록 되어 있었습니다. 지금 우리 두 사람은 정해진 운명에 따라 충실히 제 역할을 수행했을 뿐입니다."

제논은 훗날 스토아 학파의 대철학자가 되었는데, 인도인으로 짐작되는 이 노예에게 영향을 받은 듯 '어떤 상황에서도 감정에 흔들림 없는 현실 수용'이 그의 주된 사상이었다.

한편 로마 철학자 세네카는 이렇게 말했다.

"당신이 갖고 있는 것이 당신에게 불만스럽게 생각된다면, 세계를 소유하더라도 당신은 불행할 것이다."

세네카든, 제논의 노예든, 또는 차루든, 이들이 한결같이 우리에게 말하고자 하는 것은 이것이다. 너의 소원이 이루어지지 않았다고 불평하지 말고 오히려 삶이 일어나는 대로 받아들여라. 그러면 넌 어떤 상황에서도 행복하게 살 수 있을 것이다.

차루는 어디서 그런 현실 수용의 지혜를 배웠을까? 명상 센터들을 수시로 드나들면서도 내가 얻어 갖지 못한 그것을 그는 어떻게 체득했을까? 나로선 불가해한 일이었다.

첸나이를 떠나는 날 아침, 마지막으로 차루를 만났다. 작별 인사도 할 겸, 그동안 타고 다닌 릭샤비를 지불하기 위해서였다. 그는 나중에 달라며 계속 돈 받는 걸 미뤘었다.

내가 금액을 묻자 차루는 또 손을 흔들며 허풍을 떨었다.

"돈은 주고 싶은 대로 주세요. 전 아무 문제없습니다."

내가 일부러 정색을 하면서, 그럼 1루피(30원)만 줘도 되겠느냐고 묻자 차루는 외쳤다.

"노 프라블럼!"

그러면서 차루는 당당하게 덧붙였다. 1루피만 줘서 내가 행복하다면 그렇게 하라는 것이었다. 나는 이미 자기의 친구이니까, 자기한테 중요한 것은 돈이 아니라 내 행복이라는 것이었다. 그리고 잠시만의 행복이 아니라 돈을 준 내 자신이 오래도록 행복할 수 있을 만큼 돈을 달라고 했다.

영리한 차루, 얄미운 차루, 못난 차루……. 첸나이를 떠난 뒤에도 오랫동안 차루의 인상이 지워지지 않았다. 아무것도 가진 것 없는 생을 살면서도 "노 프라블럼!"을 외치며, 뿌웅뿌웅 고무나팔을 울리며 세상 속으로 달려가는 차루! 많은 걸 갖고 있으면서도 여전히 집착과 소유를 벗어던지지 못하는 내게 그는 잊지 못할 훌륭한 스승이었다.

하늘 호수로 떠난 여행

　나는 지금 낯선 마을에 와 있다. 마을의 이름은 '쿠리'이다. 북인도 라자스탄 사막 끝자락에 위치한 곳. 몇 안 되는 흙벽돌 집들이 뜨거운 태양 아래 엎드려 있다.

　내가 이 외딴 마을까지 오게 된 데는 그만한 이유가 있다. 세 번째 인도 여행을 떠나는 비행기 안에서 나는 새로운 여행 방법을 생각해 냈다. 어차피 단조로운 일상에서 탈출하기 위한 여행이라면 색다른 시도를 해 보고 싶었다. 그래서 눈을 감고 지도 위에 한 점을 찍어 그 장소까지 가 보기로 마음먹었다.

　나는 몇 년째 갖고 다닌, 귀퉁이가 해진 인도 지도를 무릎 위에 펼쳐 놓았다. 그리고 눈을 감고 서너 바퀴 돌린 다음 손가락으로 한 지점을 찍었다. 눈을 떴을 때 내 집게손가락 밑에 눌려 있던 장소가 바로 사막 한 귀퉁이의 눈곱만 한 마을 쿠리였다. 인도 서부와 파키스탄 국경 지대 부근이었다.

나는 잠시 망설였다. 처음 들어 보는 지명인 데다, 비행기가 내리기로 된 동인도 콜카타에서 그곳까지 가려면 인도 대륙을 동에서 서로 완전히 한 바퀴 횡단해야만 했다. 쉬지 않고 기차를 탄다 해도 40시간이 넘는 거리였다. 그것도 어디까지나 가장 빠른 기차일 경우였다. 갈아타는 시간에다 인도 특유의 엉터리 시간 개념까지 감안하면 최소한 70시간은 걸릴 게 틀림없었다.

게다가 지도에 표시된 붉은색 실선의 기차 선로는 그 마을에 가 닿기도 전에 끊겨 있었다. 그렇다면 거기서 다시 장거리 시외버스를 타고 가야 한다는 계산이었다.

그러나 남에게 한 약속도 아니고 스스로 내린 결정을 시도조차 하지 않고 포기할 순 없었다. 그리하여 나는 콜카타에서 비행기를 내리자마자, 마치 인도를 점령하기 위해 떠난 희랍의 알렉산더 대왕처럼 전속력으로 인도 대륙을 가로지르기 시작했다.

모두 걸린 시간은 8일 반나절하고도 세 시간이었다. 쿠리까지 가는 데만 무려 2백 시간이 넘게 걸린 셈이었다. 도중에 기차를 갈아탄 것이 일곱 번이었으며, 4일은 기차역에서 잤고, 나머지 3일은 기차 안에서 배낭을 끌어안고 잤다. 더구나 쿠리로 가는 시외버스는 시간도 정해져 있지 않아서 배낭을 깔고 앉아 하루 종일 기다려야 했다. 여행 가이드북에 40시간밖에 걸리지 않는다고 적힌 거리가 왜 그토록 오래 걸렸는가 묻는다면 이렇게 대답할 수밖에 없다.

"왜냐하면 그곳은 인도이니까!"

그렇게 오랜 시간이 걸려 막상 쿠리에 도착했을 때 나는 당황하지 않을 수 없었다. 쿠리는 구경할 것이 정말 아무것도 없는, 아주 작은 마을에 불과했다. 그런 곳이 지도에 표시된 이유가 궁금할 정도였다. 메마른 사막, 작열하는 태양, 그 아래 붉은 흙벽돌로 지은 초가집 몇 채가 전부였다. 나머지는 그냥 무라고 할 수밖에 없는 텅 빈 공간이었다.

버스에서 내려 마을의 신작로 길로 들어서는데 갑자기 한 군인이 자전거를 타고 나타났다. 텅 빈 공간에 정신이 팔려 있느라고 나는 그가 다가오는 것도 모르고 있었다. 그는 이제 막 영화 화면에서 걸어 나온 사람처럼 세모꼴 모자에다 뚱뚱한 체구를 하고, 거기에 카이저 수염을 매달고 있었다. 군인은 알아듣기 힘든 인도식 영어로 뚝딱거리며 물었다.

"당신, 왜 쿠리엘 왔소? 여긴 아무것도 볼 게 없는데!"

사막 끝, 국경 지대를 지키는 순찰대가 분명했다. 잘못 보였다간 고집 센 인도 관리들에게 붙잡혀 며칠씩 고생할 수도 있었다. 힘들게 목적지에 당도했는데 또다시 생고생을 할 순 없는 일이었다. 그래서 나는 일부러 초점 없는 멍청한 시선을 만들고서 그에게 말했다.

"아무것도 없는 걸 보러 왔어요. 오래전부터 난 그걸 보고 싶었거든요."

군인은 이해가 안 간다는 듯 수염을 실룩거렸다.

"아무것도 없는데, 아무것도 없는 그걸 보러 왔다구? 당신 혹시 약 먹은 거 아니오?"

그는 괴상한 히피 친구를 다 보겠다는 듯 나를 위아래로 훑어보았다. 내가 이번에는 사팔뜨기 눈을 해 갖고 허공을 바라보며 서 있자 그는 더 이상 말을 걸 필요가 없다고 느꼈는지 자전거를 타고 가 버렸다. 내 작전이 성공한 것이다. 인도 여행 중에 성가신 일이 생길 때마다 나는 이 방법을 쓰곤 했다.

군인이 타고 가는 자전거 바퀴에서 풀풀 흙먼지가 날렸다. 그가 어디로 가는 건지는 알 수 없었다. 저 너머 어딘가에 초소나 또 다른 마을이 있는 모양이었다. 아무튼 나는 그가 사막 끝으로 점이 되어 사라질 때까지 한동안 그를 지켜보았다. 시선을 갖다 댈 만한, 움직이는 물체라곤 그가 탄 자전거가 전부였다. 그는 영화 화면 속으로 다시 사라지듯 그렇게 멀리, 천천히 사라져 갔다.

한낮이었다.

마을에는 뜻밖에도 호텔이 하나 있었다. 집이 열 채 정도밖에 없는 곳에 호텔이 있다는 건 정말 뜻밖이었다. 누구를 위해 그 호텔이 거기 존재하는가는 아무리 생각해도 알 수 없었다. 인도는 역시 수수께끼의 나라였다. 어쨌든 그곳은 분명한 호텔이었다. 페인트칠이 다 벗겨진 양철 간판에 커다랗게 'HOTEL'이라고 써 있었다.

나는 가방을 들고 천천히 호텔 현관으로 들어섰다. 사실은 말이 호텔이지, 간판을 떼 버리고 나면 다른 움막집들과 하나도 다를 바 없는 방 서너 개짜리 게스트하우스였다. 호텔 주인은 시크교도라서 머리에 거창한 검은 터번을 두르고 있었다. 시크교도들은 신이 인간에게 준 것을 훼손하지 않는다는 의미에서 머리를 자르지 않고 그 위에 터번을 두르는데, 이 사람이 두른 터번은 과장이다 싶을 정도로 무척 컸다. 커다란 터번 때문인지 그 사람 역시 영화에 등장하는 인물처럼 보였다.

그는 실로 오랜만에 투숙객을 맞이한 게 분명했다. 그러나 그는 전혀 그렇지 않다는 표정을 지으며, 방 값을 하루 세 끼 포함해 100루피를 불렀다. 그러면서 방부터 구경하라고 큰소리쳤다.

나는 그가 왜 그토록 자신 있는 태도로 허풍을 떨었는지 지금도 이해가 가지 않는다. 다 부서져 가는 나무 침대, 굳이 감출 것이 없다는 듯 속을 드러내고 자빠져 있는 매트리스……. 천장에는 사람 머리만 한 구멍이 뚫려 있어서 하늘이 훤히 내다보였다. 그리고 도마뱀 두세 마리가 페인트칠 벗겨진 벽에 달라붙어 꾸벅꾸벅 졸고 있었다.

나는 100루피라는 거금을 내고 이 방에서 자느니 차라리 바깥의 나무 아래서 자겠다고 말했다. 내가 배낭을 들고 도로 나가려 하자 주인은 호들갑스럽게 나를 붙들더니 50루피로 가격을 내렸다. 나는 말없이 고개를 저었다. 그러자 그가 말했다.

"좋소. 당신은 이미 내 집 안에 들어왔으니 내 친구나 다름없소. 친구라면 거저 재워 줄 수도 있는 일이오. 30루피에 해 주겠소. 더 이상은 깎지 마시오. 시바 신이 왔다 해도 그 이상 싼 값으로 재워 줄 순 없소."

나는 다시 고개를 저으면서 음식은 안 먹어도 되니까 잠만 자겠다고 말했다. 주인이 놀란 눈으로 물었다.

"그럼 뭘 먹을 건데?"

나는 두 팔을 벌려 보이며 바람, 모래, 햇빛, 도마뱀…… 그런 단어들을 생각나는 대로 늘어놓았다. 이 친구, 정말 괴짜 히피구먼 하는 표정이 그의 얼굴에 역력했다. 그러니까 이런 데까지 흘러왔겠지. 비싸게 받긴 틀린 일이야……. 커다란 터번이 몇 번 갸우뚱거린 뒤, 마침내 우리는 합의를 보았다. 방 값은 잠만 자기로 하고 15루피로 결정되었다.

하지만 돈을 주기 전에 나는 단서를 달았다. 만일 밤에 비가 와서 천장의 구멍으로 빗물이 들이치기라도 하면 숙박비는 한 푼도 줄 수 없다고.

그러자 주인은 큰소리로 자신 있게 말하는 것이었다.

"노 프라블럼! 우리 마을엔 50년 동안 비가 오지 않았소. 내 나이가 마흔다섯인데 나도 여태껏 비를 구경한 적이 없소이다, 하하하!"

어처구니가 없어서 배낭을 내려놓고 나는 호텔 밖으로 나왔다. 마을 끄트머리 사막 초입에는 커다란 늙은 바니안나무 한 그루가

서 있었다. 그 나무가 마을의 유일한 나무였다.

나는 천천히 그 나무를 향해 걸어갔다. 군인 말대로 정말 아무 것도 볼 게 없는 마을이었다. 비루먹은 개 두세 마리만 모래바람 속을 어슬렁거렸다. 하지만 나는 상관하지 않았다. 여행은 꼭 무엇을 보기 위해 떠나는 게 아니니까. 우리가 낯선 세계로의 떠남을 동경하는 것은 외부에 있는 어떤 것이 아닌, 바로 자기 자신에게 더 가까이 다가가기 위함일 테니까.

그런 것을 일깨우기라도 하듯 마을 너머로 펼쳐진 사막은 단조로움 일색이었다. 누군가가 며칠씩 걸려 이곳까지 왔다가 막막한 풍경에 압도되어 한 시간 만에 허둥지둥 떠나 버렸다 해도 전혀 놀랄 일이 아니었다. 하늘에는 구름 한 조각 없었다. 하기야 50년 동안 비 한 방울 내리지 않았다니까 구름이 있을 리 없었다.

그러나, 무엇인가 거기에 있었다. 분명히 무엇인가 있었다. 모습을 드러내진 않지만 숨을 쉬고, 냄새 맡고, 내 일거수일투족을 지켜보는 어떤 시선들이 그곳에 있었다. 신작로를 지나 바니안나무가 서 있는 곳까지 걸어가는 동안, 그늘 깊은 토담집들 안에서 아이와 여인과 노인들이 숨을 죽인 채 나를 관찰하고 있음을 느낄 수 있었다.

내가 바니안나무 아래 가서 앉자 개 두 마리가 비틀거리며 다가왔다. 개들은 어디서 배웠는지 한껏 애처로운 표정으로 먹을 걸 달라고 나를 쳐다보았다. 한 마리는 허기가 져서 죽겠다는 듯 아예 옆으로 픽 쓰러졌다.

나는 주머니에서 비스킷을 꺼내 봉지째 멀리 던져 주었다. 그러자 개들은 마치 대지의 생명력을 받은 인디언 전사처럼 벌떡 일어나 비스킷을 향해 돌진했다.

두 번째로 나를 찾아온 것은 어떤 노인이었다. 그는 열기가 이글거리는 신작로 길을 걸어 천천히 다가왔다. 아주 천천히……. 그 걸음이 어찌나 느린지 내 앞에 당도하기도 전에 역사가 몇 번이나 바뀔 정도였다. 상체는 벗은 몸이고 허리에 헝겊 쪼가리 같은 걸 둘둘 말아 아랫도리만 살짝 가린 차림이었다.

내 앞에 다가온 노인은 잠시 뚫어져라고 나를 쳐다보더니 대뜸 물었다.

"당신, 이딸리안?"

그의 눈에는 내가 이탈리아 사람으로 보인 모양이었다. 여행을 하면서 일본인이냐, 중국인이냐 하는 질문을 많이 받았지만 이탈리아 사람이냐는 질문은 생전 처음이었다. 세상은 결국 주관적으로 해석하기 나름 아닌가. 사실 지구상의 외딴 마을인 쿠리에서는 내가 이탈리아인이든 한국인이든 그게 중요한 건 아니었다. 나는 그냥 한 사람의 인간일 뿐이었다.

노인은 또다시 물었다.

"당신, 이딸리안이지? 그렇지?"

내가 고개를 끄덕이자 노인은 자신의 추측이 딱 들어맞았다는 듯 기분 좋은 미소를 지었다. 그래서 나는 엉뚱하게 인도의 외딴 마을에서 이탈리아인으로 둔갑하고 말았다.

그늘 깊은 바니안나무 아래서 노인은 저 영국 식민지 시절에 배웠음직한 뚝딱거리는 인도식 영어로 자기가 알고 있는 이탈리아에 대한 지식을 장황하게 늘어놓았다. 아마 수년 전에 이탈리아 청년 하나가 나처럼 배낭을 메고 허둥지둥 이 마을을 지나간 모양이었다.

하지만 노인의 얘기 속에는 내가 예상하던 로마나 베니스 같은 지명은 나오지 않고 엉뚱하게 파리니 도쿄니 하는 지명이 뒤섞여 있었다. 자세히 들어 보면 그것은 미국에 대한 이야기 같기도 하고, 어떤 부분에 가서는 호주를 설명하는 것 같기도 했다. 노인은 지금 자기가 주워들은 온갖 바깥 세상에 대한 정보를 이탈리아라는 한 나라에 갖다 붙이고 있었다.

그러더니 노인은 갑자기 내가 호텔에서 나오는 걸 봤다면서 숙박비는 갖고 있느냐고 물었다.

내가 그만한 돈은 있다고 말하자, 노인은 엄숙하게 고개를 가로저었다. 행색을 보아하니 나한테 돈이 한 푼도 없는 게 틀림없다는 것이었다. 자기가 알기에 돈 없이 무전취식하는 친구들이 인도에는 백만 명도 넘는데, 나 또한 그런 부류의 방랑자로 짐작된다는 것이었다.

나는 여비가 있으니 걱정하지 말라고 다시 한 번 노인을 안심시켰다. 그러자 그는 내가 돈을 갖고 있다는 걸 증명해 보이기 위해 자기한테 얼른 5루피만 줘 보라고 말했다. 그러면서 그는 누가 묻기라도 한 듯이 자기는 절대 거지가 아니라 힌두교 성자라고 주장했다.

노인의 수작이 하도 재미있어서 나는 순순히 5루피짜리 종이 돈을 꺼내 주었다. 떨리는 손으로 돈을 받아 든 늙은 성자는 짐짓 엄숙하게 선언했다. 마을 사람들한테 내가 빈털터리 히피가 아니며 돈을 갖고 여행 중이라는 걸 입증하기 위해 그 돈을 갖고 가야만 하겠다는 것이었다. 마을 사람 모두가 지금 나를 무전취식자로 의심하고 있다고 그는 또다시 뚝딱거리는 영어로 강조했다.

노인은 땟국물이 흐르는 허리 두르개 속에다 5루피를 챙겨 넣고는 천천히 마을로 돌아섰다. 도중에 그는 개들이 먹고 버린 비스킷 봉지를 발견했다. 그는 그것을 주워 들어 유심히 살펴보더니 나를 힐끗 돌아보고, 다시 한 번 봉지를 조사하고 나서 그것도 꼬깃꼬깃 접어 허리 두르개 속에 집어넣었다.

노인이 떠나고 난 다음에는 한 무리의 여인과 아이들이 나타났다. 저마다 머리에 물동이를 이고 있었다. 어딘가로 물을 길러 가는 중이었다. 그들은 나무 밑을 지나 행렬을 이루며 사막 저편으로 사라졌다가 두 시간쯤 후에 돌아왔다. 사막 어딘가에 우물이 있다는 것은 동화 속의 이야기만이 아니었다. 물동이를 머리에 인 여인들은 강렬한 원색의 사리로 얼굴을 가리고 사막 저편으로 사라졌다가 홀연히 다시 나타났다.

그 사이에 남자 두 명이 다가와 또 말을 걸었다. 그들은 매우 서툰 영어와 힌디어를 섞어 내 가족사항, 신고 있는 신발 가격, 월수입, 필요 없는 물건을 갖고 있는가의 여부, 혹시 비스킷 봉지를 내가 먹고 버린 것인가 등을 캐묻고는 마을로 되돌아갔다.

염소와 닭 같은 것들도 내 주위를 어정거리다가 가 버렸다. 벌레들도 열심히 지나갔다. 바람들도 지나갔다. 그리고 이윽고 저녁이 찾아왔다. 그때까지도 나는 달리 할 일이 없어서 나무둥치에 등을 기대고 앉아 있었다. 쿠리에 오기까지의 긴 여정이 나를 지치게 했던 것이다. 사막 저편으로 오렌지색 노을이 번지고 마침내 최초의 별 하나가 떠오를 무렵이 되었다.

나는 '별이 뜬다'는 말을 그때 처음 경험했다. 쿠리의 저녁 하늘에서는 별들이 그냥 갑자기 깜빡이기 시작하는 것이 아니라 정말로 지평선에서 빗금을 그으며 쑥쑥 떠오르는 것 같았다. 모든 별들이 금 막대기 끝에 걸린 것처럼 지평선 위에서 일제히 떠올라 반짝이기 시작했다.

그때였다.

갑자기 마을 사람들이 내가 앉아 있는 나무 밑으로 떼 지어 몰려왔다. 그들은 우르르 몰려와서는 손짓 발짓으로 내게 왜 저녁을 먹지 않느냐고 물었다.

사실 나는 배가 고팠지만 호텔밖에는 달리 음식을 사 먹을 곳이 없었다. 하지만 그런 지저분한 곳에서 음식을 먹으니 차라리 비스킷 몇 개로 때우는 게 안전할 것 같았다. 인도 여행에서 음식을 잘못 먹어 설사병에 걸린 적이 한두 번이 아니었다. 그렇다고 마을 사람들에게 그렇게 설명할 순 없는 일이었다. 그래서 나는 순간적으로 그럴싸한 말을 지어냈다.

"나는 깨달음을 추구하는 요가 수행자입니다. 그래서 지금은 단식 중이지요."

그렇게 말하면 그들이 쉽게 납득할 줄 알았다. 하지만 내 말에 마을 사람들은 일제히 고개를 저었다. 결코 그렇지 않다는 것이었다. 나는 더욱 진지한 표정으로 말했다.

"여러분들이 믿지 못한다 해도 나는 지금 요가 수행법에 따라 금식 중입니다. 그러니 나를 방해하지 마십시오. 걱정해 주는 건 고맙지만 다른 사람의 수행을 방해해선 안 됩니다."

그러자 마을 사람들이 이구동성으로 떠들기 시작했다. 그들이 하는 말은 대충, 나는 먼 여행을 온 사람이 분명하기 때문에 아무것도 먹지 않으면 위험하다는 것이었다. 그들은 아까부터 지켜봤는데 내가 물 한 모금도 마시지 않았다고 했다. 그것은 사막 지방에선 자살행위도 같다는 것이었다. 그러면서 그들은 내가 아무리 수행 중이라도 육체에 위험이 되는 짓을 해선 안 된다고 주장했다.

나는 도저히 그들의 고집을 꺾을 수 없었다. 그들은 내가 부탁도 하지 않았는데 자기들 집에서 차파티(밀가루를 반죽해 얇고 둥글게 밀어 구운 빵)와 온갖 먹을 것들을 가져와 막무가내로 내게 권했다. 늦은 녘에 갑자기 나무 아래서 잔치가 벌어졌다. 내가 보기에 그들은 자기들 먹을 것도 변변치 않은 사람들이었다. 그런데도 낯선 여행자인 나를 염려해 자기들이 가진 것을 아낌없이 내놓고 있었다.

그렇게 해서 나의 거짓말 금식 수행은 여지없이 깨지고 말았다. 나는 그 어느 때보다도 많이 먹었으며, 배가 부른 것보다 스무 배 이상으로 마음이 불렀다. 그들이 사막 어딘가에서 떠온 우물물은 사막 같은 내 인생을 축축이 적셔 주고도 남았다.

밤이 깊어 다 찌그러져 가는 '호텔'로 돌아왔다. 내가 없는 사이에 주인이 문을 따고 들어와 내 배낭 검사를 철저히 끝낸 흔적이 역력했다. 이것저것 뒤지고, 냄새 맡고, 끈을 잡아당겨 보았을 덩치 큰 시크교도의 모습이 떠올라 나도 모르게 웃음이 나왔다.

나는 부서지기 직전인 나무 침대에 누워 천장에 뚫린 큼지막한 구멍으로 하늘을 바라보았다. 그 구멍으로 별들이 유성처럼 빠르게 흘러갔다. 우주 전체가 쿠리 마을과 바니안나무와 5루피를 떼어먹은 노인의 집 위로 흘러가고 있었다.

가진 게 없지만 결코 가난하지 않은 따뜻한 사람들의 토담집 위로 별똥별이 하나둘 빗금을 그으며 떨어져 내렸다. 지상에서 살아가고 있는 우리들 역시 저 하늘 호수로부터 먼 여행을 떠나온 별들이 아닐까 하는 생각이 들었다. 잠들 때까지 별을 구경할 수 있는 구멍 뚫린 방이 나는 너무 좋았다.

480원어치의 축복

누구나 한 번쯤 아침에 눈을 떴을 때 이유 없는 허무감과 슬픔에 사로잡힐 때가 있다. 마치 어느 전생에선가 힘든 삶을 살았던 것처럼 원인 모를 슬픔이 밀려올 때가 있다.

그 무렵의 내가 그랬다. 나는 인생의 허무감에 젖은 채로 버스를 타고 북인도 대륙을 돌아다니고 있었다. 현생의 슬픔만이 아니라 먼 전생으로부터 전해지는 어떤 슬픔이 나를 길에서 방황하게 만들었다.

그러던 어느 날, 내가 탄 버스 위로 성자 한 명이 오렌지색 누더기를 걸치고 올라탔다. 이마에는 노란색, 붉은색, 흰색의 사두(힌두 탁발승) 문양이 그려져 있고 발꿈치까지 내려올 성싶은 긴 머리는 둘둘 말려 머리꼭지에 얹혀 있었다.

성자는 버스에 타자마자 운전사와 한바탕 입씨름이 붙었다. 말이 빨라 알아들을 순 없었지만, 눈치를 보니 성자가 차비가 없는 모양이었다. 성자는 설령 돈이 있다 해도 낼 수 없다는 당당한 태도였다.

인도 땅에서 사두들은 지난 수십 년 동안 기차든 버스든 공짜로 타는 걸 자랑으로 여겨왔다. 신과 진리를 추구하는 일에 자신들의 생을 바치고 있으니 차비 따위는 그냥 넘어갈 수도 있다는 주장이었다. 하지만 이제 인도 사회 역시 큰 변화를 맞이하고 있었다. 신세대인 20대 버스 운전사는 성자든 시바 신이든 요금을 내지 않으면 절대로 버스에 태워 줄 수 없다는 완강한 자세였다.

시대의 변화를 절감한 늙은 성자는 하는 수 없다는 듯 어깨에 멘 보따리 안을 뒤적여 칠이 벗겨진 손거울을 꺼냈다. 성자는 그것을 차비 대신 운전사에게 내밀었다. 아침마다 이마를 비춰 보며 신의 문양을 그리는 데 사용하는, 성자에게는 더없이 소중한 손거울이었다.

운전사가 쓸모도 없는 그런 물건을 받을 리 없었다. 오히려 화만 돋우었을 뿐이었다. 젊은 운전사는 더욱더 큰 소리로 성자를 윽박질렀다. 성자는 손거울을 도로 집어넣고 이번에는 때묻은 소라고둥을 내밀었다. 이른 새벽 갠지스 강가에서 대지의 어머니인 강을 향해 뿌웅뿌웅 문안 인사를 올리는 데 필요한, 성자의 필수

품 중 하나였다.

운전사는 마침내 화가 머리끝까지 치밀었다. 성자가 자기를 놀린다고 생각했는지 운전석에서 일어나 성자를 버스 밖으로 떠다밀려고까지 했다.

그 순간 성자는 사람들의 동정심을 구하기 위해 버스 안을 둘러보았다. 승객들은 운전사의 비위를 건드릴 수도 없는 노릇이라서 모른 척하고 앉아 있었다. 그 순간 성자는 문득 인도인들 틈바구니에 장발을 하고 앉아 있는 내 모습을 발견했다. 나 역시 얼른 시선을 창밖으로 돌렸지만 이미 그에게 발각된 뒤였다. 성자는 운전사에게 나를 손짓해 보이더니 잠시 기다리라고 하고선 성큼성큼 내게로 걸어왔다.

나는 모른 체하고 창밖을 내다보고 있었다. 남의 일에 말려들 기분이 아니었다. 하지만 내 기분은 아랑곳하지 않고 성자는 손가락으로 내 어깨를 툭툭 쳤다. 마지못해 쳐다보자 그는 마치 신의 메시지를 전하기라도 하는 사람처럼 당당하게 말했다.

"나는 그대를 만나려고 이 버스에 탔다. 그러니 그대가 나 대신 차비를 무는 것이 당연한 일이로다!"

나는 어이가 없었다. 수도승 복장을 한 사람이 차비 몇 푼을 빼앗으려고 거짓말을 하다니! 나는 한심한 표정을 지으며 다시 창밖으로 고개를 돌렸다.

성자는 포기하지 않았다. 또다시 나뭇가지 같은 손가락으로 내 어깨를 두들기는 것이었다. 순간적으로 나는 몹시 화가 났다. 슬품은 곧잘 자신을 외롭게 만들고, 외로움은 인간을 공격적으로 만든다. 나는 자리에서 벌떡 일어나며 성자를 향해 소리쳤다.

"난 당신을 만나자고 한 적이 없어요. 그러니 허튼소리 그만두고 저리 가요. 남의 돈으로 버스를 타려거든 차라리 걸어서 다니라구요."

내 목소리가 하도 커서 버스 안의 사람들이 다 쳐다볼 정도였다. 나는 기분도 좋지 않은 판에 대판 싸움이라도 벌일 기세였다. 성자는 알아듣기도 힘든 인도식 영어로 즉각 맞받아쳤다.

"그것이 왜 그대의 돈이란 말인가? 그대는 지금 그까짓 5루피를 갖고 자신의 소유라고 주장하는 것인가? 그대는 그것이 자기가 잠시 보관하고 있는 돈이라는 걸 모른단 말인가?"

나는 말문이 막혔다. 인도를 여행하면서 이런 일을 당한 적이 한두 번이 아니었다. 언젠가 뭄바이에선 한 남자가 내 가방을 뒤져 물건을 갖고 가 버린 적도 있었다. 그때도 내가 왜 남의 물건을 허락 없이 가져가느냐고 항의하자 그 남자는 당당하게 내 어리석음을 훈계하는 것이었다.

"당신은 무슨 이유로 이것이 당신의 소유라고 생각하는가? 당신은 잠시 이것을 갖고 있을 뿐이다. 주인이 모자를 벗어 잠시 벽에 걸어 놓는다고 해서 그 모자가 벽의 소유란 말인가?"

인도인들의 막힘없는 논리는 논리학의 할아버지인 아리스토텔레스가 와도 당해 낼 재간이 없다. 성자가 과연 나를 만나기 위해 버스를 탔는가의 사실 여부를 놓고 토론을 벌인다면 내가 패배할

게 뻔했다. 힌두교의 인연론은 그 교리가 성립되는 데만 1천 년의 세월이 걸렸다. 그러니 그 빈틈없는 논리를 나 같은 사람이 무슨 수로 당해 낼 것인가.

제풀에 싸움을 포기한 나는 차장에게 5루피를 던져 주었다. 성자는 기분이 좋아서 고개를 끄덕이고, 사태는 해결되었다. 버스는 이윽고 아열대 태양 광선 속으로 출발했다.

나는 그때 히말라야 산중의 데라둔으로 가는 중이었다. 하리드 와르, 데라둔, 무수리와 같은 마을들은 내가 번역한 바바 하리 다스의 소설 『성자가 된 청소부』에 등장하는 지명이다. 그 책을 번역하면서 언젠가 작품의 무대가 된 지방들을 여행해 보리라고 마음먹었었다.

버스가 출발하자 성자는 당연하다는 듯 내 옆에 앉은 남자를 밀쳐 내고 그 자리에 앉았다. 머리는 지저분하기 짝이 없고, 하도 오래 이를 닦지 않아 고약한 냄새가 코를 찔렀다. 버스에서 내릴 때까지 꼼짝없이 고역을 치를 판이었다.

나는 냄새를 피해 얼굴을 외면했다. 그러는 내게 성자가 대뜸 물었다.

"그대는 지금 어디로 가고 있는 중인가?"

나는 무심코 데라둔에 간다고 대답했다. 그러자 성자는 엄숙하게 고개를 저었다. 그게 아니라는 것이었다. 나는 순간적으로 내가 버스를 잘못 탄 게 아닌가 하는 생각이 들었다. 분명히 데라둔 행 버스임을 확인하고 탔는데 뭔가 잘못된 모양이었다.

버스 행선지를 다시 확인하려고 자리에서 일어서려는데 성자가 얼른 나를 끌어 앉히며 말했다.

"그대는 표면적으로 볼 때 지금 데라둔으로 가고 있지만, 본질적으로는 그렇지 않아. 데라둔은 공간 속의 한 지점일 뿐이지. 지금 그대가 향해 가고 있는 시간 속의 지점은 그곳이 아닌 다른 곳이야."

그렇다면 그곳이 어디냐고, 성자는 사뭇 철학적인 어조로 스스로 묻고 스스로 대답했다. 그곳은 다름 아닌 '신'이라는 것이었다. 그러면서 그는 말했다.

"그대가 어디로 가고 있든, 사실 그대는 신을 향해 가고 있는 중이야. 그대가 데라둔으로 가든 히말라야로 가든 실제로 그대는 신에게로 조금씩 다가가고 있을 뿐이지. 그대는 신에게 이르기 위해 수많은 생을 윤회하고 있어."

그러면서 성자는 엄숙히 결론을 내렸다.

"신에게로 향하는 그대의 여정을 성공리에 마칠 수 있도록 내가 그대 앞에 현신한 것이라네."

그리고 사실은 자기가 전생에서부터 나를 기다려 왔노라고, 성자는 조금도 망설임 없이 선언했다. 그런데 이렇게 버스 안에서 만났으니 얼마나 감동적이냐는 것이었다. 그의 주장에 따르면 전생에 나는 그의 첼라(제자)였고 그는 나의 구루(영적 스승)였다는 것이었다. 그런데 어느 날 수행 중에 내가 도망쳐서 어디로 갔나 했더니 한 생이 지난 이제서야 버스 안에서 만났다는 것이었다.

인연의 고리는 너무도 단단해서 누구도 그것으로부터 달아날 수 없노라고 그는 단호하게 못을 박았다.

성자가 설명을 하는 동안 버스에 탄 사람들 모두가 아이 어른 할 것 없이 고개를 빼고 우리 두 사람을 지켜보았다. 바로 앞좌석에 앉은 얼굴 시커먼 남자는 아예 우리를 향해 돌아앉아 재밌어 죽겠다는 표정이었다. 그 남자는 어찌된 영문인지 치아가 온통 붉은색으로 변해 있었다. 아마도 인도인들이 즐기는 빤(마취 성분의 씹는 담배)을 너무 많이 씹어서 그렇게 된 모양이었다.

전생에 대해 확인할 길이 없었지만, 성자의 체면을 생각해서라도 나는 잠자코 그의 주장을 들어주었다. 이때 버스 운전사가 뭐라고 떠들자 승객들이 와르르 웃음을 터뜨렸다. 아마 날 갖고 농담을 한 모양이었다.

성자는 아랑곳하지 않고 또다시 내게 물었다.

"자, 그대는 지금 어디로 가고 있는 중인가?"

나는 어떻게 대답해야 할지 몰라 잠시 망설였다. 아까처럼 데라둔으로 가는 중이라고 대답하면 어리석은 자가 될 것이고, 그렇다고 금방 앵무새처럼 '신에게로 가는 중'이라고 따라할 수도 없는 노릇이었다.

내가 입을 다물고 있자 성자는 다시금 어디로 가고 있는 중이냐고 다그쳐 물었다. 나는 하는 수 없이 자신 없는 목소리로 대답했다.

"신에게로 가고 있는 중입니다."

그런데 성자는 또다시 엄숙하게 고개를 저었다. 그것 역시 틀린 대답이라는 것이었다. 그가 말했다.

"표면적으로는 그대가 신을 향해 가고 있는 중이지만, 신은 시공간 속에 존재하는 것이 아니야. 그러니 그대가 어디를 향해 간다고 해서 신을 만날 수 있는 게 아니지."

마침내 나는 그에게 물을 수밖에 없었다.

"그럼 어떻게 해야 신을 만날 수 있죠?"

성자는 이 질문을 기다리기라도 했다는 듯이 한 손가락을 들어 허공을 찌르며 짧게 말했다.

"내 축복을 통해서지!"

당당하고 확신에 찬 주장이었다. 내가 다시 물었다.

"그럼 지금 제게 축복을 내려 주실 수 있나요?"

성자는 역시 이 순간을 기다렸다는 듯이 과장되게 고개를 끄덕이며 말했다.

"물론이야. 하지만 돈을 내야 해!"

승객들은 마침내 이 희한한 구경거리의 결말 부분에 이르렀다는 걸 직감했는지 다들 침을 삼키며 나를 지켜보았다. 저 어리숙한 외국인 여행자가 노련한 성자에게 어떻게 당하나 보겠다는 표정들이었다.

내가 말했다.

"그럼 돈을 낼 테니 신을 만날 수 있도록 지금 당장 축복을 내려 주시죠."

성자는 자신 있게 말했다.

"그거야 어렵지 않지!"

나는 주머니에서 1루피를 꺼내 성자에게 바쳤다. 성자는 자기 손바닥에 놓인 백동전을 물끄러미 쳐다보았다. 액수가 작아 실망한 기색이 역력했다. 그가 말했다.

"물론, 돈의 많고 적음으로 신에게 더 가까이 다가갈 수 있는 건 아니지만 축복을 내리는 내가 신명이 나도록 도와주는 것은 그대의 의무라고 할 수 있겠지. 안 그런가?"

나는 할 수 없이 5루피를 더 얹어 주었다. 그래도 성자는 신명이 나는 표정이 아니었다. 10루피를 더 바치자 마침내 성자의 얼굴에 만족스런 미소가 번졌다.

그리하여 북인도의 산악 지대를 통과하는 버스 안에서 나는 16루피어치의 축복을 성자로부터 받았다. 성자는 노란색과 붉은색 물감을 꺼내 내 이마에 무늬를 그리고 만트라(신성한 주문)를 읊어 대기도 하면서 "하리 옴! 옴 나마 시바야!"를 소리도 낭랑하게 외쳤다. 그는 이번 생에서 내가 틀림없이 신에게 다가갈 수 있도록 길고 유창한 축복의 말들을 내 머리꼭지 위에다 아낌없이 쏟아부었다.

의식이 끝나자 앞자리에 앉은 이빨 붉은 남자를 선두로 버스에 탄 사람들 모두가 일제히 박수를 쳤다. 히말라야 산중을 달리는 버스 안에서 난데없이 울려 퍼진 그 박수 소리는 성당과 교회에서 행하는 어떤 영세식과 세례식 때보다도 더 열렬한 축하였다.

성자의 축복을 받고 나니 내 자신이 신에게로 성큼 다가섰음을 느낄 수 있었다. 인생의 절망과 슬픔에 젖었던 한 여행자는 빈털터리 성자의 유머와 재치 덕분에 마음이 한결 밝고 여유로워졌다. 그 밝고 여유로운 세계가 내게는 곧 신의 자리였다.

성자가 내려 준 그날의 축복은 까닭 없는 허무감에 흔들리던 한 젊은이의 영혼을 간단히 치유해 주었다. 데라둔까지 가는, 아니 신에게로 가는 버스 여행은 그렇게 두 시간이 걸렸다. 내 인생의 가장 아름다운 시절이었다.

어느 문명인의 실종

처음으로 인도 대륙을 여행할 무렵, 음식이 입에 맞지 않아서 며칠 동안 식사다운 식사를 하지 못했다. 음식마다 뿌려진 강렬한 향료는 식욕을 달아나게 했고, 싸구려 식당의 불결함은 이루 말할 수가 없었다. 배가 고파 식당으로 들어갔다가도 몇 숟가락 뜨다 마는 게 고작이었다.

게다가 식당 주인은 바닥을 닦던 걸레로 테이블도 닦고 그릇까지 닦는 것이었다. 그렇다고 매번 그것을 나무랄 수도 없었다. 그랬다간 또 무슨 훈계를 들을지 모를 일이었다. 인도에서 불교를 전공하던 어느 한국인 교수가 가정부에게 행주와 걸레를 구분해서 쓰라고 충고했더니, 그 인도인 가정부는 "더러움과 깨끗함을 차별하는 마음도 버리지 못하면서 어떻게 불교를 전공한다고 할 수 있느냐?"고 교수에게 되레 큰소리쳤다고 한다.

또 인도인들은 오늘날에도 대부분 손으로 밥을 먹는다. 왜 스푼을 사용하지 않고 더러운 손으로 먹느냐고 했다가 나는 된통 설교를 들어야만 했다. 누구의 입에 들어갔었는지도 모르는 스푼으로 먹는 것보다 자기 손으로 먹는 게 훨씬 위생적이지 않느냐는 것이었다. 그리고 자기들은 손가락으로 음식 맛을 감별하는 능력을 지녔다고 주장했다.

입맛이 떨어진 나는 물로만 배를 채웠다. 하지만 열흘쯤 지나자 배가 고파 견딜 수가 없었다. 이대로 가다간 허기에 지쳐 쓰러질 판이었다. 뭐든지 먹어야만 했다. 이튿날 아침 일찍 게스트하우스를 나선 나는 비교적 깨끗한 식당으로 들어가 맛을 따지지 않고 이것저것 시켜 먹었다. 그렇게라도 하지 않으면 여행을 계속하는 것조차 불가능한 상황이었다.

그것이 화근이었다. 아침을 먹고 나서 장거리 시외버스에 올라탔는데, 당장 배탈이 나고 만 것이다. 버스는 온갖 종류의 인도인들을 빼곡히 싣고 18시간 거리에 있는 비하르 지방을 향해 달려가고 있었다. 드넓은 들판 지대를 두 시간쯤 달렸을 때, 아랫배가 쌀쌀 아프더니 급기야 장이 뒤틀리기 시작했다. 자극적인 인도 음식을 내 소화기관이 견디지 못하고 반란을 일으킨 것이다.

달리 어떻게 할 방법이 없었다. 도중에 버스를 내릴 수도 없었기 때문에 나는 그동안 배운 지식을 동원해 손가락과 손바닥을 마구 지압했다. 그리고 재빨리 장약 몇 알을 삼켰다. 하지만 아무 소용이 없었다. 한국에서 가져간 장약으로는 인도의 설사를 이겨 낼 수 없다는 걸 당시는 몰랐었다. 시간이 흐를수록 상태는 더 나빠졌다. 아랫배가 부글거리고, 금방이라도 바지에다 설사를 할 것만 같았다. 나는 그야말로 얼굴이 사색이 되어 몸을 뒤틀었다.

그렇게 반 시간쯤 참았을 때 나는 마침내 인내의 한계에 이르렀다. 더 이상 참다가는 더 걷잡을 수 없는 일이 벌어질 게 분명했다. 나는 손을 번쩍 들고 운전사를 향해 소리쳤다.

"잠깐 차를 세워 주세요. 배탈이 나서 견딜 수 없어요. 얼른요."

그 순간, 평화롭게 오전 햇살을 받으며 북인도 평원을 달리던 낡은 시외버스는 그 안에 탄 유일한 외국인 여행자 때문에 잠시 소동이 일었다. 내가 쥐어짜는 목소리로 버스를 세우라고 요구하자 차 안에 탄 인도인들 시선이 전부 내게로 쏠렸다. 사리 입은 여인, 흰 두건 쓴 시크교 노인, 이마에 점을 찍은 처녀 할 것 없이 모두가 나를 쳐다보았다. 남의 자리에 끼어 앉아 옆 사람의 호주머니를 훔쳐보던 소매치기까지도 나한테로 고개를 돌렸다. 그러나 창피한 게 문제가 아니었다. 나는 다시 한 번 애원하듯이 소리쳤다.

"빨리 차를 세워요! 잠깐만 내렸다 탑시다!"

운전사는 영어를 못 알아듣는지 조금 더 달리다가 한 인도인 남자의 통역을 받고는 끼익! 하고 버스를 세웠다. 하도 급작스럽게 차를 세워서 승객들 모두가 와락 앞으로 쏠렸다가 거우 중심을 잡았다.

나는 황급히 문으로 달려갔다. 그때 일말의 불안감이 밀려왔다. 내가 내린 사이에 버스가 떠나 버리기라도 하면 큰 낭패였다. 마을조차 없는 허허벌판의 무인 지대에 혼자 남겨질 순 없는 일이었다. 나는 운전사에게 내가 돌아올 때까지 떠나지 말고 기다릴 것을 강력히 지시했다. 그래도 미심쩍어서 나는 버스를 내리다 말고 도로 올라가 배낭을 들고 내렸다.

버스에서 뛰어내린 나는 배낭을 들쳐 안고 무의식적으로 도로 옆 들판을 향해 10여 미터 달려갔다. 그런데 문제가 생겼다. 북인도의 들판 지대는 수평에 가까운 황무지가 대부분이다. 언덕 하나 없는 평지에다 나무들조차 구경하기 어렵다. 공교롭게도 내가 버스에서 내린 지점이 바로 그런 지대였다.

나는 달려가다 말고 주위를 살폈다. 몸을 가릴 만한 장소가 한 군데도 눈에 띄지 않았다. 바위나 언덕 같은 것이라도 있으면 그 뒤로 돌아가 일을 볼 텐데 사방은 그저 툭 트인 황무지일 뿐이었다. 그렇다고 문명국가에서 온 내가 아무 데서나 바지를 내리고 일을 치를 순 없었다.

나는 당황한 나머지 고개를 돌려 버스를 쳐다보았다. 차 안에 탄 인도인들 모두가 일제히 나를 지켜보고 있었다. 한참 무료하던 판에 이게 웬 구경거린가 하는 표정들이었다.

나는 어색함을 감추기 위해 다시 10여 미터를 달려갔다. 그래도 결과는 마찬가지였다. 전방에 가냘픈 나무 한 그루가 외롭게 서 있는 것 말고는 내 한 몸 가릴 만한 은폐물이 천지간에 없었다. 인도인들은 저 친구가 왜 저렇게 허둥대는지 이해가 안 간다는 듯 저마다 차창에 얼굴을 대고 나를 쳐다보았다.

나는 갑자기 광야에 홀로 선 외로운 문명인이 되고 말았다. 시골에 사는 인도인들은 아침마다 들판이나 철둑길 같은 곳으로 몰려가 일을 보지만, 외국인인 나마저 멀건 대낮에 아무 데서나 엉덩이를 내보일 순 없었다. 그렇다고 아주 멀리 지평선 너머로 거위처럼 달려갈 수도 없는 노릇이었다. 그러는 사이 배탈은 더욱 심해져 조금만 더 지체하다간 영락없이 바지를 적실 판이었다. 나는 너무도 당황스럽고 황당해서 영혼이 몸부림치는 것만 같았다.

마침내 나는 배낭을 끌어안고 스무 걸음 정도를 더 뛰어가 전방에 외롭게 서 있는 나무 뒤로 돌아갔다. 그러나 사실 그것은 나무라고 할 수도 없었다. 굵기가 팔뚝 정도에 불과해 내 몸을 전혀 가려 주지도 못했다. 그러자니 더 우스운 꼴이 되고 말았다. 덩치가 크고 장발을 한 사람이 지팡이만 한 나무 뒤에 몸을 숨긴 셈이 되었다. 바지를 내리고 그 나무 뒤에 쪼그리고 앉아 일을 보기 시작했지만, 버스에 탄 인도인들은 볼 것을 다 보고 있었다.

비록 지팡이만 한 나무일지라도 무언가에 의지할 수 있어서 그나마 안심이었다. 그것마저 없었다면 완전히 정신적 공황에 빠질 뻔했다. 인도인들은 나를 낱낱이 지켜보고 있었다. 나는 애써 나무둥치에 눈을 갖다 대고 그들이 보이지 않는 척했다.

어쨌든 위기는 면했다. 바지에 실례를 하지 않은 것만도 천만다행이었다. 볼일을 마친 나는 잃어버린 권위를 되찾기라도 하려는 듯 어깨에 힘을 주고 천천히 버스로 돌아갔다. 그리고 도중에 괜히 돌멩이 하나를 집어 들어 멀리 던지는 여유까지 부려 보였다. 인도인들은 내 마음속을 다 간파하고 있다는 듯, 저 친구가 정말 왜 저러나 하는 시선으로 나를 쳐다보았다.

북인도의 초가을 아침 햇살은 지친 영혼을 위로하는 부드러운 힘을 갖고 있다. 먹을 것이 별로 없는 인도인들은 저 아열대의 태양 광선을 먹고 사는 게 아닌가 하는 생각이 들 정도이다. 내가 올라타자 버스는 서둘러 먼지를 날리며 출발했다. 중간 목적지 고락푸르까지는 먼 여정이었다.

또다시 배탈이 날지도 모르지만 어쨌든 한결 속이 편안해졌다. 좌석으로 돌아온 나는 느긋하게 기대앉아 옆자리 승객들에게 들으라는 듯이 중얼거렸다.

"인도인들은 왜 화장실을 이용하지 않는지 모르겠어요. 들판이나 철둑길이나 강변에 마구 볼일을 보니 더럽기 짝이 없잖아요. 화장실을 더 많이 지으면 한결 깨끗한 나라가 되지 않을까요?"

그러자 건너편에 앉은 50대 남자가 내 영어를 알아듣고 금방 받아쳤다.

"자연 속에서 자연적인 일을 처리하는데 뭐가 나쁘다는 겁니까? 왜 당신들 외국인들은 성냥갑만 한 공간 속에 숨어 냄새를 맡아 가며 똥 위에 똥을 누고 있지요? 우린 아침마다 대자연 속에 앉아 바람과 구름을 바라보며 볼일을 봅니다. 그것이 우리에겐 최고의 명상이지요."

다른 청년이 말을 받았다.

"우리처럼 물로 닦지 않고 화장지를 사용해야 문명 생활인 것처럼 생각하지만, 어디 정말로 그런가요. 강은 더 더러워졌어요."

그 옆의 남자도 한탄했다.

"세상은 점점 위선적이 되어 버렸어요. 무엇으로든 자신을 가려야만 문명인이라고 생각하게 됐어요."

나는 아무 말도 할 수 없게 되었다. 그들의 말을 조용히 경청하는 도리밖에 없었다. 자연스러운 볼일을 보는 데도 지팡이만 한 어린 나무에 몸을 가리려고 허둥대던 나 자신이 부끄럽기 짝이 없었다. 그 와중에도 배낭을 잃어버릴까 봐 잔뜩 끌어안고서.

버스는 창피함으로 얼굴이 붉어진 한 외국인 여행자와 묵묵히 창밖을 응시하는 사리 입은 여인, 흰 두건 쓴 시크교 노인, 이마에 점을 찍은 처녀, 그리고 또다시 옆 사람의 호주머니를 훔쳐보는 손이 시커먼 소매치기를 싣고 광활한 북인도 대륙을 달려갔다. 나를 숨겨 줄 아무런 은폐물도 없는 들판 지대가 야속하긴 했지만, 한편으론 저 따사로운 평원의 햇살과 툭 트인 바람 속에서 내 온 존재를 마음껏 드러낸 채로 평생을 살아가고 싶었다.

세 가지 만트라

산모퉁이를 돌자 만년설을 뒤집어쓴 히말라야가 영화 화면처럼 거대하게 펼쳐졌다. 그 아래 납작바위에는 긴 머리를 늘어뜨린 요기(요가 수행자) 한 명이 가부좌를 틀고 앉아 있었다. 눈은 지그시 감겨 있고, 얼굴에는 평화로운 미소가 떠올라 있었다. 두 손은 허공중에 무드라(깨달음의 형상)를 그리며 정지해 있었다. 신비 그 자체였다. 거대한 바위에 돋을새김으로 박혀 있는 불상처럼 그렇게 요기는 미동도 하지 않았다. 허리까지 드리운 긴 머리카락만이 이따금씩 바람에 흔들릴 뿐이었다.

요기를 바라보는 순간, 나는 첫눈에 그의 아름다운 자태에 마음을 빼앗겼다. 그동안 내가 찾아 헤매던 완벽한 스승이었다. 바로 그런 스승을 만나기 위해 나는 인도까지 온 것이다. 나도 모르게 그에게로 이끌린 나는 그의 발에 이마를 갖다 대며 말했다.

"스승님, 저를 제자로 받아 주십시오. 이 고통의 삶으로부터 구원의 세계로 저를 인도해 주십시오. 당신과 같은 완벽한 스승만이 할 수 있는 일입니다."

요기는 천천히 눈을 뜨고 나를 내려다보았다. 호수 같은 그의 눈동자에 초라한 내 얼굴이 비쳤다. 그 눈은 내 영혼을 단번에 꿰뚫어 보는 것만 같았다. 이윽고 그윽한 목소리로 그가 말했다.

"그렇다면 그대는 내가 받아들일 만큼 완벽한 제자인가? 나는 완벽한 제자가 아니면 받아들이지 않는다."

순간 나는 당황했다. 한 번도 그런 것에 대해 생각해 본 적이 없었기 때문이다. 그 자리에서 어떻게든 내가 완벽한 제자라는 걸 증명해 보여야 했지만, 마땅한 방법이 생각나지 않았다. 그래서 나는 즉흥적으로 아무 말이나 둘러댔다.

"성자께서 긴 머리를 하고 계신 것처럼 저 역시 장발입니다. 주위의 눈총을 받으면서도 끈기 있게 머리를 길렀습니다. 그런 점을 봐서라도 절 제자로 받아 주십시오."

그런 진지한 자리에서 왜 그렇게 엉뚱한 말이 튀어나왔는지 지금 생각해도 이해가 가지 않는다. 요기는 어처구니가 없는지, 뭐 이런 녀석이 있나 하는 시선으로 나를 쳐다보았다.

나는 얼른 말했다.

"물론 머리카락의 길이가 영적인 깊이를 상징한다고는 저도 생각하지 않습니다. 일단 절 받아 주시기만 하면 제가 완벽한 제자라는 걸 차차 증명해 보이겠습니다."

그렇게 해서 나는 반 어거지로 싯다 바바 하리 옴 니티야난다의 제자로 입문했다. 그는 홀로 북인도 리시케시 부근 쿤자푸리 산의 동굴에서 살고 있었다. 거칠게 짠 야크 털 담요와 토기로 된 물항아리가 전 재산이었다. 아침마다 물항아리를 들고 골짜기로 내려가 갠지스강의 물을 길어 오는 것이 내게 주어진 첫 임무였다. 그러나 그것은 말처럼 쉬운 일이 아니었다. 왕복 한 시간이 넘는 거리에다, 발을 헛딛기라도 하면 다치는 건 둘째치고 항아리를 깨먹기 십상이었다. 항아리가 없으면 큰일이었다. 물은 싯다 바바보다도 내가 더 필요했다.

그런데 이해가 가지 않는 점이 있었다. 그토록 평화롭고 고요해 보이던 요기가 내가 입문한 뒤부터 완전히 딴 사람으로 돌변한 것이다. 그는 더 이상 명상하는 자세로 앉아 있지도 않았으며, 마치 미친 사람처럼 산을 쏘다니다가 갑자기 나타나서는 나를 사정없이 부려 먹었다. 씨앗이나 모종도 없는데 밭을 일구라고 명령하는가 하면, 먼 곳까지 나가서 땔감으로 쓸 소똥을 주워 오게 했다. 나는 갑작스레 심한 노동을 하느라 입술이 부르틀 정도였다.

열흘 뒤 요기는 내게 말했다.

"나는 40년 동안을 혼자 자 버릇했기 때문에 그대가 옆에 있으니까 영 불편하다. 게다가 그대의 그 오리털 침낭이 부스럭거리는 소리 때문에 시끄러워서 도무지 잠을 잘 수가 없다. 그대는 오늘 당장 동굴 밖에다 작은 움막을 짓고 거기서 혼자 자도록 하라."

그렇게 일방적으로 명령하고 싯다 바바는 또다시 산 뒤로 사라져 버렸다. 히말라야 기슭이라곤 하지만 낮에는 태양이 열대 지방 못지 않게 뜨거웠다. 하루만 뙤약볕에 서 있어도 콧등이 벗겨질 정도였다. 그런 살인적인 햇볕 아래서 집을 지으라는 건 말도 안 되는 일이었다. 뭔가 이상하게 돼 간다고 나는 생각했다.

하지만 제자가 찾아오면 돌을 쌓아 움막을 짓게 하는 것이 인도 요기들의 전통임을 어느 책에선가 읽은 기억이 났다. 티베트의 위대한 성자 밀라레파도 스승을 찾아갔을 때 수없이 집을 지었다고 하지 않은가. 그래서 나는 두말없이 집을 짓기 시작했다.

생전 처음 짓는 집이었지만 생각했던 것만큼 어려운 일은 아니었다. 돌산이라서 주위에 돌이 널려 있었다. 나는 넓적한 돌들을 주워다 벽을 쌓기 시작했다. 바닥을 평평하게 고르고 돌을 쌓아 올라가니 그럴싸한 벽이 생겼다. 그런데 문제가 발생했다. 땀이 비 오듯이 흘러서 아침에 길어온 물을 나 혼자서 다 써 버리고 만 것이다.

벽을 다 쌓아 갈 무렵, 나는 갈증을 견딜 수 없어서 다시 항아리를 들고 골짜기로 내려갔다. 그런데 물을 길어 갖고 올라와 보니 기가 막힌 일이 벌어져 있었다. 내가 하루 종일 힘들게 쌓은 돌벽이 사방에 무너져 있었다.

나는 화가 나서 견딜 수가 없었다. 틀림없이 그 기이한 요기가 한 짓이라고 나는 단정했다. 나를 골탕 먹이려는 게 분명했다. 나를 쫓아내기 위해 일부러 움막을 지으라고 해 놓고는 내가 한눈을 파는 사이에 재빨리 때려 부순 것이다. 그렇다고 증거도 없이 함부로 스승을 다그칠 순 없는 일이었다. 제자는 어찌 됐든 스승에게 절대 복종해야 한다고 하지 않는가. 저녁에 갑자기 납작바위 뒤에서 나타난 싯다 바바는 시치미를 뚝 떼고, 내게 왜 움막을 짓지 않았느냐고 호통을 쳤다. 이만저만한 억지가 아니었다.

나는 어이가 없었지만 내일 다시 짓겠다고 말했다. 그날 밤 요기는 동굴 안에서 코를 골고 자고, 나는 동굴 밖에서 쓸쓸히 오리털 침낭에 들어가 오리처럼 부스럭거리며 잠을 잤다. 영적 깨달음을 얻으려고 했는데 갑자기 처량한 신세로 전락하고 만 것이다. 가까운 거리에 있는 리시케시의 게스트하우스로 돌아가고 싶은 마음이 굴뚝같았다.

다음 날도 같은 사건이 벌어졌다. 아침에 일어나자 요기는 내게 서둘러 움막을 지으라고 말하면서, 움막이 완성되면 요가 수행자에게 필수적인 세 가지 만트라를 전수하겠노라고 선언했다. 만트라는 '옴 마니 밧메 훔'처럼 신비한 힘을 가진 단어나 문장을 반복해서 외는 것으로, 인도뿐 아니라 동양에선 오랜 전통을 가진 수행법이다. 사실 그동안 나는 몇 군데의 명상 센터에서 만트라 명상을 배우긴 했지만 히말라야 요기에게서 만트라를 전수받을 기회는 아직 없었다.

서둘러 물을 길어 오고 간단한 차파티로 아침을 때운 나는 다시 돌을 날라다가 벽을 쌓기 시작했다. 어제의 경험이 있어서 한결 속도가 나고 힘도 덜 들었다. 물을 길러 갔다간 똑같은 일을 당할까 봐 물도 아껴 가며 마셨다. 잠만 잘 것이기 때문에 지붕이 높을 필요도 없었다. 웬만큼 높이가 됐을 때 나는 서둘러 나뭇가지들을 꺾어다 지붕을 얹었다. 내가 봐도 그럴싸한 움막이 완성되었다. 히말라야에서 수행을 하는 구도자가 머물기에 딱 어울리는 집이었다.

뿌듯한 마음으로 내가 완성한 집을 바라보고 있는데 싯다 바바가 나타났다. 검은 머리칼을 허리까지 늘어뜨린 그는 마치 실성한 사람 같았다. 그는 나를 보더니 대뜸 저 위쪽의 넓은 바위로 올라가자고 재촉했다. 그곳에 가서 세 개의 만트라를 전수하겠다는 것이었다. 나는 기대에 차서 그를 따라갔다. 걸음이 어찌나 빠른지 그를 따라잡느라 숨이 턱까지 찼다.

과연 동굴 뒤쪽으로 해서 올라가니 그곳에 널찍한 바위가 있었다. 바위에 올라가서 바라보는 전망은 이틀 동안의 힘든 노동을 잊기에 충분할 만큼 아름다웠다. 북쪽과 동쪽 방향으로 수많은 히말라야 영봉들이 꿈결처럼 아련히 떠 있었다.

숨을 돌리며 전망을 감상하고 있자니까 요기가 말했다.

"그대는 눈을 감고 이곳에 앉아 잠시 명상에 들라. 반 시간 동안 그대의 몸과 마음을 정화시킨 다음 만트라를 전수하겠다."

이렇게 말하고 그는 또 어디론가 사라졌다. 나는 그의 지시대로 바위 위에 가부좌를 하고 앉아 단전호흡을 하기 시작했다.

그러나 반 시간이 지나고 한 시간이 지나도 요기는 나타나지 않았다. 나는 미심쩍은 생각이 들어 서둘러 동굴 있는 곳으로 내려왔다. 아니나 다를까, 내가 그토록 힘들여 지어 놓은 움막은 온데간데없이 사라지고 돌들만 사방에 소똥처럼 굴러다니고 있었다. 게다가 지붕에 덮었던 나뭇가지는 이미 한쪽 구석에서 불타 버린 뒤였다.

한참 뒤에 나타난 요기는 엉터리 영어로 오히려 더 큰소리였다. 내가 참을성 없이 내려오는 바람에 만트라를 전수할 기회가 날아갔다는 것이었다. 만트라는 신비한 힘을 지니고 있기 때문에 아무 때고 가르쳐 줄 수 있는 게 아니고, 그날이 1년 중 가장 길일이라는 것이었다.

그날 밤도 나는 또다시 동굴 밖에서 외롭게 잠을 청해야만 했다. 동굴 안에서는 전날보다 더 크게 코 고는 소리가 들려왔다. 생각할수록 괘씸한 요기였다. 이제 나는 깨달음이고 뭐고, 어떻게 하면 복수를 할까 하는 생각뿐이었다. 완벽한 스승이란 완벽한 허구에 불과했다. 이대로 그의 밑에 있는 건 괜한 시간 낭비였다. 리시케시의 하고많은 구루들 중에 폼만 그럴싸한 미치광이에게 잘못 걸려든 것이다.

이튿날 아침 눈을 떠 보니 요기는 벌써 어디론가 가 버리고 없었다. 나는 재빨리 배낭을 챙기고 떠날 준비를 했다. 무려 열이틀 동안 생고생을 한 것이 억울했다. 마침 물항아리가 눈에 띄어서 나는 그것을 들어다가 납작바위 위에 냅다 내동댕이쳤다. 항아리는 산산조각이 났다. 요기가 돌아와 이 꼴을 보면 뭔가 깨닫는 바가 있을 것이라고 나는 생각했다.

그 길로 쏜살같이 근처 마을로 내려온 나는 곧장 버스 정류장으로 향했다. 마침 히말라야의 다른 지역으로 가는 버스가 기다리고 있었다. 버스가 출발하기 직전, 신작로 저편에서 누더기 담요를 두른 걸인 한 사람이 걸어왔다. 가까이 오는데 보니 거지가 아니라 장발을 한 싯다 바바 하리 옴 니티야난다가 아닌가!

물항아리를 깬 것 때문에 나를 잡으러 오는 게 틀림없었다. 나는 겁이 났지만 달리 숨을 수도 없었다. 요기는 내가 버스에 타고 있는 걸 이미 알고 있는지 곧장 내게로 다가왔다. 그는 열린 차창으로 나를 쳐다보며 말했다.

"그대에게 세 가지 만트라를 전수시켜 주기 위해서 왔다. 이 세 가지 만트라를 기억한다면 그대는 다른 누구도 스승으로 섬길 필요가 없다. 그대의 가장 완벽한 스승은 그대 자신임을 깨닫게 될 것이다."

요기는 차창 너머로 손을 뻗어 내 머리에 손을 얹고 세 개의 만트라를 전했다.

"첫째 만트라는 이것이다. 너 자신에게 정직하라. 세상 모든 사람과 타협할지라도 너 자신과 타협하지는 말라. 그러면 누구도 그대를 지배하지 못할 것이다.

둘째 만트라는 이것이다. 기쁜 일이나 슬픈 일이 찾아오면, 그것들 또한 머지않아 사라질 것임을 명심하라. 어떤 것도 영원하지 않음을 기억하라. 그러면 어떤 일이 일어난다 해도 넌 마음의 평화를 잃지 않을 것이다.

셋째 만트라는 이것이다. 누가 너에게 도움을 청하러 오거든 신이 도와줄 것이라고 말하지 말라. 마치 신이 존재하지 않는 것처럼 네가 나서서 도우라."

말을 마치고 나서 요기는 내 머리에 손을 얹은 채로 "옴—." 하고 진동을 보냈다. 그 순간 척추 끝에서 온몸을 마비시킬 것만 같은 강한 진동이 일면서 몸 전체로 퍼졌다. 축복과 환희의 물결이 내 안에 밀려왔다.

나는 왈칵 눈물이 쏟아졌다. 미치광이로 알았던 그가 더없이 훌륭한 스승이었던 것이다. 요기의 축복이 끝남과 동시에 뿌웅 하고 버스가 출발했다. 물항아리를 깨뜨려서 미안하다는 말을 할 틈도 없이 나는 그와 헤어지고 말았다. 싯다 바바는 버스가 멀어질 때까지 그 자리에 서서 나를 지켜봐 주었다. 내 볼을 타고 흘러내린 눈물 하나가 바람에 날아가 그에게로 가 닿았다.

그 이후 인생의 여러 길을 다니면서, 나는 언제나 싯다 바바의 모습을 기억하게 되었다. 그는 내가 탄 버스를 지켜보던 그 모습 그대로 언제나 내 뒤에서 나를 지켜보고 있다. 버스는 점점 멀어지고, 모퉁이를 돌아가고, 다른 승객들을 태우기 위해 멈춰서지만 싯다 바바는 늘 그렇게 그만큼의 거리에서 내 삶과 여행을 지켜보고 있다.

아름다운 도둑

　여름비가 퍼붓는 날이면 비시누가 생각난다. 그리고 비시누를 생각하면 보리수 위로 억수같이 퍼붓던 인도의 장맛비가 생각난다. 그 장맛비 속으로 비시누는 맨발로 뛰어다니곤 했다. 길바닥에 홈이 파일 정도로 빗방울은 굵기만 했다. 아대륙 인도에 우기가 찾아오면 그렇게 하루에 한차례씩 감자만 한 빗방울들이 머리가 아프도록 후드득 쏟아졌다. 그런 날이면 어김없이 빗속을 뛰어다니는 비시누의 모습을 발견할 수 있었다.

　비시누는 하루에 한 번씩 내가 생활하는 명상 센터에 찾아왔다. 그렇다고 명상을 배우기 위한 것은 아니었다. 명상을 배우기엔 아직 어린 나이였다. 비시누는 열 살쯤 된 소년이었다. 학교도 다니지 않았다. 비시누는 어린 소매치기였다.

비시누가 하루 한 번씩 명상 센터에 들르는 것은 뭔가 훔치기 위해서였다. 다들 그 사실을 알고 있었지만 실제로 비시누가 훔쳐 갈 만한 물건도 별로 없었기 때문에 그냥 모른 척하고 있었다. 모두가 소박한 생활을 하고 있던 터라 소지품이랄 것도 없었다. 또 소매치기라는 사실을 알고 있었기 때문에 비시누가 다가오면 조심을 했다. 그래서 비시누는 더더욱 훔치기 어려웠다.

어린 도둑이긴 했지만 비시누는 매력 있는 아이였다. 인도 소년답게 눈이 크고 얼굴이 잘생겼으며, 집안이 가난하고 출신이 나빠도 자신의 처지를 불평하지 않았다. 그런 비시누가 나는 맘에 들었다. 그래서 명상 센터의 식당에서 가져온 음식을 비시누와 함께 나눠 먹곤 했다. 오늘 뭐 좀 건진 게 있느냐고 물으면 비시누는 고개를 저으며 대답하곤 했다.

"오늘은 아무 소득도 없었어요. 하지만 내일은 뭔가 훔칠 수 있을 거예요."

비시누는 언제나 그렇게 희망적이었다. 단 한 번도 내 앞에서 절망한 기색을 내보인 적이 없었다. "오늘은 어땠지?" 하고 내가 물으면 언제나 한결같은 대답을 했다.

"오늘은 아무것도 없었지만, 내일은 뭔가 건질 게 있을 거예요."

비시누의 그런 뜻밖의 태도는 수피즘(이슬람교 신비주의 학파)의 위대한 스승 주나이드의 일화를 생각나게 했다. 주나이드는 늙어서 제자들로부터 "당신의 스승은 누구였는가?"라는 질문을 받고 자기가 만났던 한 훌륭한 도둑에 대한 이야기를 들려주었다.

어느 날 여행 중에 사막에서 길을 잃은 주나이드는 어떤 도둑과 며칠을 함께 지내게 되었다. 매일 밤 도둑은 주나이드에게 말하곤 했다.

"자, 난 물건을 훔치러 갑니다. 당신은 여기서 쉬면서 날 위해 기도해 주시오."

도둑이 돌아오면 주나이드는 이렇게 물었다.

"무엇이라도 훔쳤소?"

도둑은 말했다.

"오늘 밤은 실패했소. 하지만 신의 뜻이 그렇다면 내일 밤 난 또다시 시도할 것이오."

도둑은 결코 절망하지 않았으며 언제나 희망에 차 있었다. 여러 해를 명상과 사색을 계속했음에도 불구하고 결국에 가서 아무것도 얻은 것이 없을 때면 수도자 주나이드는 늘 깊은 절망에 빠져 이 모든 어리석은 짓을 포기하려고 마음먹곤 했었다. 그럴 때면 그 도둑이 하던 말을 떠올리고서 주나이드는 수행을 계속할 수 있었다.

주나이드가 그 도둑을 스승으로 삼았듯이, 나 역시 어린 비시누에게서 배울 것이 있었다. 아무 소득도 없는 상태에서도 변함없이 희망을 간직하기란 쉬운 일이 아니다.

비시누는 소매치기를 할지언정 다른 인도 소년들처럼 구걸 행위는 하지 않았다. 자존심을 잃지 않는 아이였다. 외국인 여행자들로부터 배운 영어와 힌디어를 섞어 자기 생각을 표현할 만큼 머리도 영리했다. 또한 비 오는 날이면 맨발을 하고서 보리수나무들 사이로 난 신작로를 뛰어가곤 했다. 굵은 빗줄기 속에서 퍼지는 비시누의 웃음소리는 삶의 희망 그 자체였다.

그러나 아무리 그렇다 해도, 나는 비시누가 좀도둑인 것이 마음에 걸렸다. 그 총명한 머리와 희망적인 태도로 공부를 하거나 뭔가 다른 일을 하면 훌륭한 인간이 될 수 있을 것 같았다. 그래서 나는 비시누의 조언자가 되어 주기로 결심했다. 어느 날 나는 비시누를 불러 앉혀 놓고 진지하게 말했다.

"비시누, 너도 이젠 네 인생을 생각해야지. 네 이름만 해도 인도 최고의 신에게서 따온 이름이잖아. 그런 훌륭한 이름을 가진 네가 좀도둑으로 세월을 보내는 건 옳지 않아."

비시누는 조용히 내 말에 귀를 기울였다. 나는 또 말했다.

"이제부터라도 학교를 다니든지, 아니면 여기서 열심히 명상 공부를 해 봐. 학비가 필요하다면 내가 대 줄게. 난 네가 도둑질을 그만두고 좀 더 가치 있는 인생을 살기 바라."

잠자코 듣고 있던 비시누는 크게 감동한 표정이었다. 사실 그동안 좀도둑에 불과한 비시누에게 나처럼 조언을 해 주려고 한 사람도 많지 않았다. 비시누는 알았다고 고개를 끄덕이고는 조용히 명상 센터를 떠났다.

이튿날 아침 비시누는 다시 내 앞에 나타났다. 손에는 작은 선물 꾸러미를 들고 있었다. 비시누는 그것을 내게 내밀며 말했다.

"어제 해 주신 충고 정말 고마웠어요. 지금까지 제게 인간적인 관심을 가져 준 사람이 아무도 없었거든요. 그래서 고마움의 표시로 선물을 가져왔어요. 앞으로 새롭게 살도록 할게요."

그 말을 들으니 나는 너무 감격해서 콧등이 시큰할 정도였다. 나는 뿌듯한 마음으로 선물을 받아 들었다. 작은 상자 안에 크리스털 목걸이가 들어 있었다. 수정이 명상에 도움이 된다고 해서 크리스털 목걸이가 인기를 끌던 때였다. 나는 귀한 선물을 받은 것이 기쁘기도 했지만 한편으론 부담스러웠다.

"뭣하러 이런 걸 사 왔어? 돈도 없으면서."

그러자 비시누는 갑자기 목소리를 낮추며 말했다.

"제가 돈이 어딨겠어요. 저기 크리스털 파는 미국 여자한테서 훔쳤어요. 아무튼 어제 제게 해 주신 말씀 명심할게요."

나는 아직도 비시누가 내게 선물한 그 크리스털 목걸이를 몇 년째 갖고 있다. 그 목걸이를 볼 때마다 비시누가 생각나고, 여름비가 생각난다. 그러면 갑자기 웃음이 나고, 희망이 솟는다.

우리는 어디서 왔으며 무엇이고 어디로 가는가

"오, 이제야 왔군! 20년 동안이나 기다렸는데 드디어 나타났어!"

누가 소리치며 반가워하길래 뒤돌아보니 코브라 지팡이를 든 늙은 사두가 아는 체를 했다. 그는 헤어진 연인이라도 만난 양 반갑게 내 어깨를 껴안으며 말을 걸었다.

"난 언제나 그대를 불렀지. 바로 곁에서 말야. 그런데 그대가 듣지 못했어. 그대는 내가 부르는 소리를 환청이라고 여겼어."

내가 그런 적이 있었나? 나는 어리둥절할 수밖에 없었다. 아무리 기억을 더듬어 봐도 환청으로 어떤 목소리를 들은 적이 없었다. 늙은 사두가 어리숙한 여행자를 속여 돈을 뜯어내기 위해 말도 안 되는 소리를 하고 있었다. 북인도 바라나시에는 이렇게 유창한 영어로 여행자들에게 접근하는 사두들이 많았다. 그런 걸 알면서도 나는 일부러 진지한 표정을 지으며 말했다.

"혹시 사람을 잘못 보신 건 아닌가요? 나는 그냥 길 가는 여행자일 뿐인 걸요."

사두는 실망한 표정으로 나무라듯이 나를 쳐다보았다.

"누구나 길 가는 여행자라고 할 수 있지. 그대도 그렇고, 나도 그렇고 말야. 그러나 여행에는 반드시 목적지가 있기 마련이야. 그대는 우리가 어디서 왔으며 무엇이고 어디로 간다고 생각하나?"

그가 거침없이 퍼붓는 질문에 나는 말이 막혔다. 사실 그는 내가 어떤 대답을 해도 아니라고 고개를 저었을 것이다. 인도를 여행하면서 그런 일을 겪은 적이 한두 번이 아니었다.

이제 보니 그 사두는 수도자의 권위를 상징하는 코브라 지팡이 말고도 매우 특징적인 차림을 하고 있었다. 때가 잔뜩 낀 주황색 사두 복장 위에 손가락 두께의 밧줄을 온몸에 치렁치렁 휘감고 있었다. 왜 그런 차림을 하고 있는 건지 이해할 수 없었다. 아무튼 하는 행동이나 말을 보아하니 정신이 이상한 미치광이 사두임에 틀림없었다.

사두가 그 이상한 밧줄로 나를 얽어매기 전에 나는 서둘러 자리를 떴다. 오늘 중으로 우체국에 가서 소포를 부쳐야 할 것이 있었다. 그런데 그가 등 뒤에서 소리쳤다.

"지금 우체국에 가는 길이지? 다 알고 있어. 난 여기서 기다릴 테니까 이따가 보자고."

나는 놀라서 걸음을 멈췄다. 내가 우체국에 간다는 걸 어떻게 알았지? 소포 뭉치는 가방 속에 들어 있었고 겉으로 봐서 내가 우체국에 가고 있음을 말해 주는 표시는 아무것도 없었다. 내가 놀란 눈으로 쳐다보고 있자 그는 어서 다녀오라고 손짓을 했다. 정말 괴이하기 짝이 없는 사두였다.

우체국에 다녀온 뒤 나는 곧장 숙소인 비시누 여인숙으로 향했다. 비시누 여인숙은 갠지스 강둑에 위치한, 유서 깊은 도시 바라나시에서 가장 전망 좋은 게스트하우스이다. 나는 양동이에 물을 받아 샤워를 하고 나서 베란다로 나가 강 풍경을 구경했다.

물 위에는 이미 낙조가 번지고 있었다. 한쪽에선 형형색색의 인도인들이 작은 나룻배에 올라타고 강을 건너고 있었다. 마치 피안으로 향하는 인생의 항해처럼 느껴졌다. 그 뒤쪽 멀리에서는 화장터 연기가 하늘거리며 피어올랐다. 그때 누군가가 강둑 아래서 나를 소리쳐 불렀다.

"어이, 나 여기 있네! 난 언제나 그대와 함께 있지. 이리 내려와 함께 산책이나 하자구."

밧줄을 몸에 두른 미치광이 사두였다. 높은 베란다에서 내려다보니 그는 마치 마법사 영화에 나오는 주인공 같았다. 검은 머리는 치렁치렁하고 지팡이는 어깨까지 올 정도로 컸다. 마치 나를 향해 "어서 내려오게! 안 그러면 그대가 묵고 있는 여인숙을

100미터 높이로 커지게 해서 마법의 성으로 만들어 버릴 테야" 하고 소리치는 듯했다.

나는 약간 성가신 기분이 들었다. 내 생각에 그 사두는 지금 나를 유혹해 자신의 제자로 만들려는 게 분명했다. 20년 동안 기다렸느니 어쩌느니 하는 것은 인도의 탁발승들이 외국 여행자에게 흔히 쓰는 수법이었다. 한번은 히말라야 근처의 산에서도 그런 적이 있었다. 한 요가 수행자가 나를 보자 대뜸 20년 동안 기다렸다고 주장하는 바람에 나는 완전히 그에게 속아 일주일 넘게 붙잡혀 있었다. 아침부터 밤까지 꼼짝없이 그의 시중을 들어야만 했다. 그는 내가 달아날까 봐 감시도 게을리하지 않아 그에게서 벗어나느라 애를 먹었다.

미치광이 사두가 더 귀찮게 굴기 전에 나는 얼른 도망칠 채비를 했다. 그가 밧줄을 몸에 두르고 여인숙 안으로 쳐들어와 나를 소리쳐 불러대면 다른 외국 여행자들 보기에도 창피한 일이었다.

나는 그에게 들키지 않으려고 조심하면서 반대편 출입구를 통해 여인숙을 빠져나왔다. 그때 등 뒤에서 사두가 외치는 소리가 들렸다.

"난 여기서 기다리고 있겠어. 언제까지나 그대를 기다릴 거야. 그대가 날 만날 준비가 될 때까지 말야."

어느새 나는 굉장히 끈질긴 사두의 표적이 되어 있었다. 그가 왜 하필이면 나를 점찍었는지 이해가 가지 않았다. 혹시 나와 비슷하게 생긴 어떤 일본인과 나를 혼동한 것은 아닐까? 자칫하다간 그 사두 때문에 여행을 망칠 수도 있었다.

나는 약간 배가 고팠지만 그에게서 벗어나기 위해 바라나시 뮤직 아카데미로 시타르 연주를 들으러 갔다. 낮에 어떤 꼬마에게서 음악회 안내장을 받았던 것이다.

이름만 거창했지 바라나시 뮤직 아카데미란 곳은 막상 가서 보니 수 세기 동안 햇빛 한 번 들지 않은 어두컴컴한 뒷골목에 있었다. 뮤직 아카데미이기는커녕 2층 다락방을 개조해 만든 형편없는 곳이었다. 관객은 모두 합해 이스라엘에서 온 부부와 내가 전부였다. 그래도 무명의 시타르 연주자는 세 명의 관객을 앞에 놓고 줄이 끊어져라고 최선을 다했다.

두 시간 뒤, 나는 뭘 좀 먹어야겠다고 생각하며 뮤직 아카데미를 나섰다. 어느덧 밤이 깊어 있었다. 가로등 하나 없는 골목은 집 안에서 이따금씩 흘러나오는 흐린 불빛을 제외하고는 지척을 분간하기 어려웠다. 바라나시 뒷골목은 전 세계에서 미로로 유명한 곳이다. 어떤 골목은 한 사람이 겨우 지나갈 정도로 폭이 좁고, 길가에 난 문들은 난쟁이가 드나드는 문처럼 성냥갑만 하다. 골목들은 엉킨 실타래처럼 이리저리 엇갈려 있어서 한 달을 그곳에 살아도 방향을 가늠하기 어렵다.

나는 아까 들어왔던 길을 찾아 더듬거리며 앞으로 나아갔다. 두세 모퉁이만 돌면 상점들이 늘어선 대로였다. 그런데 아무리 걸어가도 골목은 골목으로 이어질 뿐 큰길이 나타나지 않았다. 함께 걷던 뚱뚱한 이스라엘 부부도 어느새 사라지고 없었다. 나는 순간 겁이 났다. 어디로 가야 할지 난감했다.

그때 어떤 인도인 남자가 골목 저쪽에서 다가왔다. 그는 칼처럼 생긴 물건을 손에 들고 있었다. 가까이 오는데 보니 그것은 정말로 번쩍이는 칼이었다. 나는 잔뜩 긴장한 채 애써 태연한 표정을 지었다. 왜 이런 어두컴컴한 골목에서 칼을 들고 다니는 건지 이해가 가지 않았다. 나는 실수로라도 칼에 찔리지 않기 위해 그가 옆을 지나가는 순간 거미처럼 바싹 벽에 달라붙었다.

다행히 그 남자는 아무런 공격 의사도 갖고 있지 않았다. 그러나 내 곁을 지나가면서 그는 나더러 들으라는 듯이 힌디어로 중얼거렸다.

"당신은 길을 잃은 거야. 길을 잃은 거라구. 어디가 출구인지 모르는 거야."

나는 당황해서 황급히 반대편으로 뛰어갔다. 비스듬히 경사가 진 다음 번 골목은 맨 끝에 계단이 있고 계단 끄트머리 집에서 노란 불빛이 흘러나왔다. 그 남자 말대로 나는 정말로 길을 잃은 게 틀림없었다. 어디가 출구인지 알 수 없었다.

그때 또 누군가 계단을 걸어 내려왔다.

그는 긴 몽둥이 같은 것을 손에 들고 있었다. 자세히 보니 정말로 몽둥이였다. 나는 아까보다 더 겁이 나고 긴장되었다. 그렇다고 뒤돌아서서 도망칠 수도 없는 일이었다. 주춤주춤 다가가면서 보니 그는 몸에 온통 밧줄을 휘감고 있었다. 그 미치광이 사두였다. 그리고 그가 손에 들고 있는 건 몽둥이가 아니라 커다란 코브라

지팡이였다.

그 순간 왜 그토록 안심이 됐는지 모른다. 나는 마치 헤어진 연인이라도 만난 것처럼 그가 반가웠다. 하지만 그는 나를 무시한 채 말없이 지나갔다. 나는 황급히 그를 불러 세웠다.

"저, 지금 길을 잃었거든요. 아까부터 출구를 찾아 헤맸어요."

그러자 그가 엄숙하게 말했다.

"아까부터 헤매 다닌 게 아냐. 그대는 20년 동안 길을 잃고 헤맸지. 내가 그렇게 불렀는데도 귀담아 듣지 않았어. 언제까지 그렇게 헤매고 다닐 건가?"

미로처럼 뒤엉킨 뒷골목에서 길을 잃은 덕분에 나는 20년 동안 인생의 출구를 찾지 못하고 헤맸다는 누명을 쓰고 말았다. 어쨌거나 그에게 대들 처지가 아니었다. 잠자코 사두의 뒤를 따라갈 수밖에 없었다. 사두는 어두운 골목길을 거침없이 걸어가 오른쪽으로 꺾어졌다. 그러자 마술을 부린 것처럼 순식간에 상점들의 거리가 나타났다. 출구는 바로 옆에 있었던 것이다. 나는 놀라서 입을 다물지 못했다.

사두가 말했다.

"음악을 듣느라 밥도 못 먹었겠지. 시장할 테니 저리로 가서 요기나 하자구."

귀신같이도 그는 내가 시타르 연주를 들으러 갔었다는 것까지 알고 있었다. 나는 완전히 기가 죽어서 그를 따라갔다. 사두는 식당이 아니라 상점들 끝머리의 갠지스 강가로 걸어갔다. 돌계단에 앉은 그는 내게 차파티나 먹자고 말했다. 나는 그가 나더러 차파티를 사 오라고 하는 말로 알아들었다. 그런데 그가 어스름 속에서 손바닥을 펼치자 순식간에 넓적한 밀가루떡 차파티 다섯 장이 나타났다. 내가 의심스런 눈초리로 쳐다보는 걸 알고 그가 말했다.

"왜 그렇게 놀라지? 인도엘 그렇게 다녔으면서 차파티를 처음 보나? 어서 이리 와 앉아."

그러면서 그는 또 20년 타령을 했다.

"난 20년 동안이나 그대를 기다렸어. 줄곧 그대를 불렀지. 바로 곁에서 말야. 그런데 그대가 듣지 않았어."

나는 그를 시험해 볼 겸 일부러 투덜거렸다.

"차파티를 맨 걸로 어떻게 먹습니까? 소스나 딸기잼이라도 있어야죠."

그가 말했다.

"잼? 여기에 있지."

그가 손바닥을 펴자 역시 잼이 나타났다. 기가 막힐 노릇이었다. 내가 잼 얘기를 꺼낼 것을 알고 소매 속에 미리 감춰둔 게 아닐까. 의심은 끝이 없었다. 어쨌거나 난 배가 고팠다. 차파티 한 조각을 찢어 잼을 발라 입에 넣으면서 내가 물었다.

"그런데 왜 나를 기다리셨다는 거죠? 20년 동안 기다린 특별한 이유라도 있나요?"

사두가 말했다.

"그대에게 중요한 걸 일깨워 주기 위해서지. 난 이곳에 오래 있을 수가 없어. 며칠 후면 히말라야의 동굴로 돌아가야만 해. 난 오랫동안 산에서만 살았기 때문에 도시에선 숨이 막히지. 사람들의 거친 파장이 내 몸의 세포를 망가뜨리거든. 아무튼 돌아가기 전에 그대를 만날 수 있어서 기뻐."

이제 보니 그는 무척 진지했다. 나를 제자로 만들어 부려 먹으려는 의도가 아닌 것 같았다. 그는 자비심 가득한 시선으로 나를 바라보았다. 그 시선을 대하는 순간 문득 그가 더없이 순수한 사람이라는 걸 느낄 수 있었다. 이유는 알 수 없지만 왠지 그런 것이 느껴졌다. 나는 천천히 차파티를 뜯으며 다시 물었다.

"제게 무얼 일깨워 주시려는 건가요? 지금 말씀해 주시면 안 되나요?"

사두는 대답 대신 한참 동안 나를 응시했다. 그러더니 이윽고 입을 열었다.

"난 이미 그대에게 일깨워 주었어. 그대가 못 알아들었을 뿐이지. 다시 한 번 날 잘 보게. 내 몸에 무엇이 감겨져 있나? 밧줄이 나를 묶고 있지. 내가 말해 줄 건 그것뿐이야. 그리고 이 밧줄은 내 스스로 감은 것이야. 그대를 구속하고 있는 건 다른 누구도 아닌 그대 자신임을 잊지 말게. 그대만이 그대를 구속할 수 있고 또 그대만이 그대를 자유롭게 할 수 있어."

사두는 말을 마치고 벌떡 일어나 몸에 걸치고 있던 밧줄을 풀었다. 그러더니 말릴 사이도 없이 그것을 갠지스강에 힘껏 집어던졌다. 밧줄은 잔잔한 물결에 실려 어둠 속으로 흘러갔다. 사두는 무언 속에 나에게 이렇게 말하는 듯했다.

"모든 인간은 보이지 않는 밧줄로 스스로를 묶고 있지. 그러면서 한편으론 자유를 찾는 거야. 그대는 그런 어리석음을 저지르지 말게. 그대를 구속하고 있는 것은 다른 어떤 것도 아닌 바로 그대 자신이야. 먼저 그대 자신으로부터 자유로울 수 있어야 해. 그렇지 않으면 결코 어떤 것으로부터도 자유로울 수 없어. 난 이 사실을 20년 동안 그대의 귀에 대고 속삭여 왔어. 바로 곁에서 말야."

갠지스강 위에 달이 떠올랐다. 수면에도 달이 비쳤다. 상점들은 하나둘씩 문을 닫고 화장터 불꽃도 사그라들었다. 순례자들은 나룻배를 타고 강 건너 딴 세상으로 가 버렸는지 주위가 고요했다. 미치광이 사두와 나는 강에 비친 달을 응시하며 오래도록 앉아 있었다.

스리 바가반 구루는 이틀 뒤 북인도 케다르나트로 떠났다. 눈이 내려 히말라야로 올라가는 길이 끊어지기 전에 떠나야만 했다. 나는 바라나시 역까지 그를 배웅나갔다. 밧줄을 벗어던진 그는 한결 자유롭고 기품이 있어 보였다. 전쟁이 난 것처럼 와글대는 역 대합실에서 나는 어린애처럼 그와 포옹을 했다. 그는 표도 끊지 않고 곧장 기차에 올라탔다.

손을 흔드는 내게 바가반 구루가 소리쳐 말했다. 아니면 소란스러운 군중들 속에서 내 귀에 그런 환청이 들린 것인지도 모른다.

"난 언제나 그대 곁에 있지. 바로 곁에 말야. 우린 서로 연결되어 있어. 그대가 언제나 자유로운 정신에 머물기를 바라네. 그것밖에는 다른 해답이 없지. 그대가 자유롭지 못하다고 느낄 때가 있거든 언제라도 나를 찾아오게, 히말라야로!"

그것이 그와의 마지막 만남이었다. 그 이후 나는 인도와 네팔의 히말라야를 여러 군데 여행했지만 스리 바가반 구루를 두 번 다시 만날 수 없었다. 어떤 인연으로 내가 그를 만나게 됐고, 그가 정말로 미치광이 구루인지 아닌지는 영원한 수수께끼가 되어 버렸다. 하지만 스스로 밧줄을 감지 않고 언제나 자유로운 정신에 머무는 것, 그것은 내 인생의 화두가 되었다.

코코넛 열 개

코코넛 물이 마시고 싶은데 아무리 찾아도 코코넛 파는 리어 카가 눈에 띄지 않았다. 인도 여행에서 물은 필수품이라지만 세 포 구석구석까지 여행자의 갈증을 해소시켜 주는 것은 아무래도 코코넛 열매를 따를 수 없다. 열매 꼭지를 칼로 툭 쳐 내면 그 안 에 어떤 청량음료보다도 시원한 수액이 가득 차 있다. 값도 싸서 5루피밖에 하지 않는다. 그래서 나는 인도 여행 중에 코코넛 열매를 즐겨 찾았다.

그런데 두 번째로 찾아온 남인도의 해변 도시 폰디체리에는 코코넛이 없었다. 허전하기 그지없었다.

폰디체리는 인도 출신의 영적 스승 스리 오로빈도가 정신과 물질이 조화된 이상적인 도시를 건설하고자 미라 알파사라는 프랑스 여성과 힘을 합쳐 세운 도시다. 이 전무후무한 계획은 전 세계의 이목을 집중시켰고, 1968년에 인도 대통령과 121개국의 대표들이 참석한 가운데 오프닝 행사가 열렸다. 그 이후 이상주의에 심취한 프랑스와 독일, 영국, 네덜란드 등으로부터 많은 젊은이들이 이곳으로 몰려왔다.

스리 오로빈도가 세상을 떠난 뒤 내부 분열이 일어나 이상주의는 결국 실패로 돌아갔지만, 무더운 남인도에 위치한 도시이면서 코코넛이 없다는 건 말도 되지 않는 일이었다.

코코넛이 없다면 정신과 물질이 조화를 이룬 도시를 만들 수도 없다고 나는 생각했다.

코코넛이 없다면 인도가 아니라고 나는 생각했다.

그리고 코코넛이 없다면 인도에서 명상을 하는 것도 불가능하다고 나는 생각했다.

아쉬람(수행자들의 명상 공동체)에 들어가 스리 오로빈도의 무덤 옆에 앉아 명상을 하면서도 나는 코코넛을 떠올렸다. 코코넛이 없다고 생각하니 갈증이 더 심해졌다. 명상을 하려고 눈을 감으면 내 자신이 커다란 코코넛 열매 속에 들어가 빨대를 물고 앉아 있는 것이 자꾸만 상상되었다.

한때는 이상적인 도시를 꿈꾸었겠지만 지금은 어찌된 일인지 아쉬람 안에서 화장실을 사용하는 것까지 제약을 하고 있었다. 남자 화장실은 소변 보는 곳만 있을 뿐 대변 보는 곳은 아예 만들어 놓지도 않았다. 대변 보는 곳이 어디냐고 물으면 없다는 대답만 무뚝뚝하게 되돌아올 뿐이었다.

그건 아무래도 좋았다. 코코넛만 있다면 참을 수 있었다. 인도인들처럼 벵골만 해변으로 나가서 볼일을 보면 되니까. 그러나 머리에서 김이 날 정도로 뜨거운 아열대의 태양을 코코넛 없이 견디기란 쉬운 일이 아니었다.

오래 있을 필요 없이 조만간 폰디체리를 떠나겠다고 생각했다. 코코넛이 있는 곳이라면 어디로 가도 좋았다. 그런 생각을 하며 맛없는 콜라 한 병 마시려고 아쉬람 근처의 한 카페에 들어갔다가 나는 우연히 그곳에 온 인도인 가족과 합석하게 되었다. 가족을 데리고 모처럼 저녁 외식을 나온 그 집의 가장은 마침 폰디체리 우체국 직원이었다.

우체국 직원은 내게 폰디체리에 대한 인상을 물었다. 나는 마침 대화 상대를 만난 터라 잔뜩 흥분해서 이상적인 도시의 허구성을 질타하기 시작했다. 그리고 결론적으로, 코코넛조차 없는 도시는 인도에 폰디체리밖에 없을 것이라고 단언했다.

뜻밖에 우체국 직원은 내 비난 섞인 의견을 듣고도 아무런 반응을 보이지 않았다. 그냥 그러냐고 하면서, 저녁을 먹고 난 뒤 가족들을 데리고 밤바다에 놀러 가야겠다고 화제를 돌렸다.

이튿날 아침, 내가 머물고 있는 빅토리아 게스트하우스로 누군가가 찾아왔다. 문을 열고 나가니 전날 만난 우체국 직원이었다. 뚱뚱한 체구의 그는 상자 하나를 두 팔로 껴안듯이 들고 있었다. 상자 안에는 코코넛 열 개가 빼곡히 들어 있었다.

나는 감격해서 입이 벌어졌다. 그 순간부터 폰디체리가 맘에 들기 시작했음은 두말할 필요가 없다. 나는 코코넛 상자와 함께 그 우체국 직원을 한참 동안 껴안고 놓아 주지 않았다.

그날 점심때 나는 게스트하우스의 외국인 여행자들과 함께 코코넛 파티를 열었다. 코코넛 속에 든 수액도 다 마시고, 그것도 아쉬워 흰 열매 속까지 숟가락으로 파 먹었다. 그리고 다 먹은 껍질을 바가지처럼 머리에 얹고 있으니 시원하기 그지없었다. 그래서 그날, 따뜻한 마음씨를 가진 폰디체리 우체국 직원 덕분에 빅토리아 게스트하우스의 배낭여행족 모두가 코코넛 바가지를 하나씩 머리에 쓴 채로 어린아이처럼 행복할 수 있었다.

"이상적인 도시는 무엇보다 먼저 우리들 인간 개개인의 가슴속에서 실현되어야 한다. 서로의 가슴을 향해 난 길, 그 길밖에는 이상적인 도시로 가는 길이 따로 있지 않다."

폰디체리 오프닝 연설문에서 스리 오로빈도가 한 말이다.

음악회장에서

우연히 수닐을 만난 것은 점심을 먹으려고 찾아 들어간 뭄바이의 어느 노천 식당에서였다. 수닐은 인도의 타악기 타블라를 발아래 내려놓고 식사를 하고 있는 중이었다. 마침 옆 테이블에 앉은 나는 주문한 음식이 나오길 기다리는 동안 그와 함께 인도 음악에 대한 이야기를 나누게 되었다.

수닐은 뭄바이에 있는 사설 음악 학교에서 타블라를 배우는 학생이었다. 나 또한 인도 음악이라고 하면 누구에게도 뒤지지 않는다고 자부해 온 터였다. 인도 음악을 수집하고 감상해 온 지 어느덧 10년이 넘었다. 수닐과 나는 자리를 합석하고 앉아서 남인도의 카르타닉 음악과 북인도의 힌두스타니 음악에 대해 열렬한 토론을 벌이기 시작했다. 나는 내가 좋아하는 여자 성악가 키쇼리 아몬카르를 세상이 알아주지 못하는 것을 한탄하며 연거푸 냉수를 마셔 댔다.

수닐은 나의 음악 지식에 놀라면서, 마침 그날 저녁에 라비 샹카의 시타르 연주회가 있으니 들으러 가지 않겠느냐고 물었다. 그 얘기를 듣는 순간 나는 너무 흥분해 물을 엎지르고 말았다. 시타르는 인도의 대표적인 현악기이며, 라비 샹카라고 하면 시타르의 달인으로 일컬어지는 인도 최고의 음악가이다. 명상가 오쇼(브하그완 슈리 라즈니쉬)는 라비 샹카의 음악을 이야기하면서, 10년 이상 명상 수행을 하는 것보다 라비 샹카의 시타르 연주를 한 시간 듣는 것이 더 깊은 명상 상태에 이를 수 있다고까지 말한 바 있었다.

그런 대가의 음악을 실제 연주로 듣게 되다니 놀랍고 흥분된 감정을 억제할 수 없었다. 그야말로 인도 여행에서 좀처럼 만나기 힘든 행운이었다.

수닐은 자기도 연주회에 갈 예정이니 저녁에 그 식당에서 자기와 만나 함께 가자고 말했다. 연주회는 밤 10시에 시작한다는 것이었다. 인도는 무더운 나라라서 한밤중에 그런 연주회들이 많이 열린다. 수닐은 자기가 연주회 장소로 안내하겠다며 저녁 8시까지 잊지 말고 그 식당 앞으로 나오라고 말했다.

수닐이 먼저 식당을 떠난 뒤에도 나는 흥분이 가라앉지 않아 제대로 점심을 먹을 수가 없었다. 오랫동안 음반으로만 들어 오던 대가의 음악을 직접 들을 수 있게 된 것이다. 더구나 당시 한국에선 라비 샹카의 음반을 구하기도 힘들었다.

나는 계획했던 오후 일정을 모두 취소하고, 남은 시간을 뭄바이 해변을 산책하며 보냈다. 아라비아해의 미풍이 얼굴을 간지럽히고, 산책로에선 마술사가 코브라에게 피리를 불어 대고 있었다. 코브라는 더위에 지쳐선지 피리로 뒤통수를 얻어맞고도 도무지 춤을 추려고 하지 않았다.

라비 샹카, 키쇼리 아몬카르, 그리고 피리 연주의 대가 하리 프라사드 차우라시아……. 이들은 음악으로 내 젊은 영혼을 지배한 이들이었다. 얼마나 많은 불면의 밤을 그들의 연주와 음악이 채워 주었던가.

수닐과의 약속 시간은 저녁 8시였지만 마음이 급한 나는 7시 반쯤 시내에 있는 그 노천 식당으로 갔다. 물론 수닐은 아직 나오지 않고 있었다.

나는 망고 주스를 시켜 놓고 테이블에 앉아서 기다렸다. 이윽고 8시가 되었다. 그러나 수닐은 오지 않았다. 8시 반이 지나고, 9시가 되어도 끝내 모습을 나타내지 않았다.

9시 반이 되었을 때 나는 더 이상 기다리고만 있을 수 없었다. 연주회 시간이 다가오고 있었다. 수닐에게 무슨 일이 일어난 것이 분명했다. 마냥 그를 기다리고 있다가는 연주회를 놓칠 것만 같았다.

나는 서둘러 지나가는 릭샤를 잡았다. 수닐이 말한 연주회 장소를 댔지만 릭샤 운전사는 그런 이름은 처음 듣는다고 했다. 내기억이 틀린 모양이었다. 나는 망설이는 운전사를 재촉해 어떤 뮤직 홀이든 유명한 곳으로 가자고 말했다. 인도 음악의 최고봉인라비 샹카가 싸구려 음악당에서 연주회를 가질 리 없었다.

그러나 한 시간이 넘게 헤맨 끝에 찾아낸 라비 샹카의 연주회장은 거창한 예술의 전당이 아닌 어느 고등학교의 넓디넓은 운동장이었다. 내가 도착했을 때는 연주회가 막 시작된 상태였다.

나는 간신히 연주회장을 찾아낸 것에 기뻐하며 빈자리를 찾아두리번거렸다. 수많은 청중이 구름 떼처럼 운동장에 운집해 있었다. 나는 가능하면 앞자리에 앉아 음악을 감상하고 싶었다. 내가외국인이기 때문에 잘만 부탁하면 귀빈석 자리를 차지할 수도 있었다.

그때였다. 어디선가 본 듯한 얼굴이 연주회장 맨 앞줄에 폼을잡고 앉아 있었다. 다름 아닌 수닐이었다. 나와 만나기로 약속을해 놓고선 저 혼자 먼저 와서 좋은 자릴 차지하고 앉아 있었던 것이다.

나는 화가 치밀었다. 나를 몇 시간이나 기다리게 한 장본인이태연하게 맨 앞자리에 앉아 있다니! 더구나 나는 이 장소를 찾느라 말도 잘 통하지 않는 릭샤 운전사를 다그치며 낯선 밤거리를얼마나 헤맸던가. 그런데도 녀석은 지그시 눈을 감고서 사뭇 감상가다운 표정을 짓고 있었다.

화가 난 나는 객석의 앞줄로 걸어가서 녀석의 뒤통수를 한 대 후려갈겼다. 갑자기 일격을 당한 수닐은 놀라서 뒤돌아보았다. 나는 약속을 지키지 않은 이유를 따져 물었다. 녀석은 뒤통수를 어루만지며 대답했다.

"아아, 그래. 만나기로 약속을 했었지."

나는 그 말투가 더욱 마음에 들지 않았다. '아아, 만나기로 약속을 했었지'라니……. 아무리 우연한 만남이었다 해도 어떻게 그런 식으로 약속을 어길 수 있는지 도무지 이해가 가지 않았다. 라비 샹카의 연주회만 아니라면 당장 끌어내 혼을 내고 싶었다.

내가 무서운 얼굴로 노려보며 자리를 뜨려는 순간이었다. 수닐이 내게 말했다.

"약속을 지키지 않은 건 내 잘못이다. 하지만 당신은 내 잘못을 갖고 자신까지도 잘못된 감정에 휘말리는군. 그건 어리석은 일 아닌가?"

그 지적에 놀라 내가 수닐을 돌아보는 순간 띠웅띠웅 하며 라비 샹카의 시타르 음들이 내 귓속으로 파고들었다. 혼을 때리는 듯한 그 절묘한 가락 때문에 나는 아무 말도 할 수가 없었다.

수닐이 또 말했다.

"약속을 지키지 않는 것보다 더 나쁜 건 감정에 휘말려 자신을 잃어버리는 일이다. 인도 음악에 대해 많은 지식을 갖고 있는 당신이 그 사실을 모를 리 없을 것이다."

내가 뭐라고 대꾸하기도 전에 또다시 라비 샹카의 긴 손가락이

띠융띠융 하며 현란한 음들을 내 존재 속에다 쏟아부었다. 수닐의 지적이 옳기도 했지만, 자꾸만 사람의 혼에 와서 울려 대는 시타르의 선율 때문에도 나는 말문이 막혔다.

그날 밤 라비 샹카의 시타르 연주회는 현을 조율하는 데만 무려 두 시간이 걸렸다. 청중과 교감이 이루어질 때까지 현을 고르고, 그다음에야 비로소 본 연주가 시작되었다. 본 연주는 악보 없이 열 시간이나 계속되어 아침 10시에 대단원의 막을 내렸다. 무려 열두 시간이나 걸린 연주회였다.

학교 운동장에 운집한 구름 떼 같은 인도인들은 담요를 몸에 두른 채 아침이 밝아 오고 태양이 떠오를 때까지 모두들 새처럼 쪼그리고 앉아 대가의 음악에 자신을 내맡겼다. 그곳에선 도무지 지상의 시간이 존재하지 않는 듯했다. 거기 음악을 연주하는 이도 사라지고, 음악을 듣는 이도 사라졌으며, 오직 한 음 한 음만이 남아 허공 전체를 가득 채우고 있었다.

나 역시, 평범한 음악 생도가 아니라 힌두의 철학자다운 내면을 지닌 수닐 옆에 앉아 온 존재가 대가의 음악으로 가득 차는 경험을 할 수 있었다. 내가 지금까지 참석한 음악회 중에서 가장 인상적이고 감동적인 한밤의 음악회였다.

누구나 둥근 하늘 밑에 산다

　버스가 어찌나 만원인지 그대로 있다간 질식할 것만 같았다. 더구나 일자 콧수염 기른 인도 남자와 코걸이를 두 개씩이나 한 아줌마가 바로 앞에서 얼굴을 맞대고 있으니 시선을 둘 곳조차 마땅찮았다. 이럴 때는 차라리 버스 지붕에 앉아서 가는 편이 더 나았다.

　그래서 버스가 차이 스톱(차를 마시거나 화장실에 가려고 잠시 정차하는 것)을 한 틈에 나는 사다리를 타고 버스 지붕 위로 올라갔다. 그랬더니 그곳에도 이미 열 명 넘는 인도인들과 닭 몇 마리가 자리를 차지하고 있었다. 버스 지붕에 올라타고 가다가 간혹 졸다가 떨어져 죽은 사람이 있다는 말을 들은 터라서, 나는 지붕 한가운데의 쌀자루 위에 걸터앉았다.

나 말고도 세 명의 남자와 한 명의 여자아이, 흑염소 두 마리가 버스 지붕 위로 더 올라왔다. 뒤따라 올라온 노랑머리의 서양인 친구는 지붕 위로 쓱 얼굴을 내밀었다가 "이건 말도 안 돼!" 하는 표정을 지으며 황급히 내려갔다.

이윽고 버스가 출발했다. 버스가 이리저리 곡예를 부려도 지붕 위에 탄 사람들은 이골이 났는지 아무렇지 않았다. 마당의 평상에 앉아 있는 것처럼 편안하고 자연스런 자세들이었다. 나 혼자만 아래로 굴러 떨어질까 봐 쌀자루를 부둥켜안고 전전긍긍하고 있었다.

잔뜩 긴장하고 있는 내가 안쓰러웠던지 지붕 난간에 걸터앉은 청년이 말을 걸었다.

"어디서 왔어요?"

'코리아'라고 대답하자, 청년은 내 말을 얼른 옆 사람에게 전달했다. 그 사람은 다시 그 옆 사람에게 전하고, 마침내 버스 지붕에 올라탄 사람들 전부가 "코리아!"라고 말하면서 고개를 끄덕이는 것이었다. 여자아이도 고개를 끄덕이고, 흑염소 두 마리는 노란 테두리 있는 눈동자로 뚫어져라고 코리안을 응시했다.

청년은 또 물었다.

"인도엔 처음 온 겁니까?"

내가 네 번째라고 대답하자, 다시 똑같은 순서로 지붕 위의 열

다섯 명이나 되는 사람들에게 그것이 전달되었다. 그리고 마침내 다들 손가락 네 개를 펴 보이며 "네 번째!"하고 합창을 했다. 손가락을 펴 보일 수 없는 염소만 부동자세를 한 채로 나를 쳐다보았다.

청년의 질문은 끝이 없었다.

"직업이 뭐예요? 뭘 해서 먹고 살아요?"

작가라는 내 대답에, 청년이 손바닥에 글씨 쓰는 시늉을 하며 옆 사람들에게 전달하자 마침내 모두가 "작가!"하면서 손바닥에 글씨 쓰는 시늉을 했다.

월수입은 얼마냐? 부모는 살아 계시며, 형제는 몇이냐? 가방 속에는 무엇이 들었느냐? 목에 걸고 있는 그것은 칼이냐, 볼펜이냐? 인도에 오는 데 비행기표는 얼마 주고 끊었느냐?

이건 버스 여행이 아니라, 숫제 버스 지붕 위에서 벌어지는 심문이나 다를 바 없었다. 모두가 어찌나 호기심이 강한지 단 한 번도 내게서 시선을 떼지 않았다. 그들은 내 입에서 나오는 대답에 따라 일제히 탄성을 지르거나 고개를 끄덕였다. 그러는 사이에 버스는 유채밭도 지나고 다리도 지나면서 히말라야 산기슭을 꼬불꼬불 달려갔다. 까마득한 낭떠러지 아래로는 히말라야에서 녹아내린 물이 차갑게 흐르고 있었다.

청년은 또 한차례 질문을 던졌다.

"왜 머리를 길렀지요? 수행자인가요?"

나는 마땅한 대답이 생각나지 않아서 "머리를 깎으면 몸이 아파 오는 병에 걸렸기 때문"이라고 둘러댔다. 그랬더니 청년은 고개를 갸우뚱하면서 어렵사리 옆 사람에게 그것을 통역했다. 그 사람도 이해가 안 간다는 듯 그 옆 사람에게 복잡하게 설명하고, 그래서 버스 지붕에 탄 사람들 모두가 개구리처럼 와글와글 떠들기 시작했다.

마침내 한 노인이 자기도 예전에 그런 병에 걸린 사람을 목격한 적이 있노라고 선언했다. 구자라트 주에 살던 때였는데, 마을에 희귀한 병에 걸린 사람이 둘씩이나 있었다고 했다. 한 사람은 머리를 자르면 삭신이 쑤셔 오는 병이고, 또 한 사람은 타인의 병에 대해 들으면 자기도 똑같은 병을 앓게 되는 이상한 감염증에 걸린 사람이었다. 누가 배가 아프다고 말하는 것을 듣는 순간 그 사람도 배가 아프기 시작하는 병이라는 것이었다.

다들 한 마디라도 놓칠세라 노인의 설명에 진지하게 귀를 기울였다. 노인의 얘기에 따르면, 머리를 깎으면 몸이 아픈 사람은 결국 머리 깎는 것을 포기하고 장발을 한 채 걸인이 되어 떠났다고 했다. 희귀한 감염증에 걸린 또 다른 사람은 누가 위암에 걸렸다는 말을 듣고 그도 그만 위암에 걸려 죽었다는 것이었다. 하지만 노인은, 자기가 그들을 직접 만나 본 것은 아니라고 애매하게 덧붙였다. 아주 오래전, 그러니까 수백 년 전의 이야기일지도 모른다는 것이었다.

그러자 또 한 청년이 자기도 그런 비슷한 증세를 가졌던 남자를 알고 있는데, 그는 자이나교도였으며, 너무 예민한 나머지 머리카락이 하나만 빠져도 몸에 기운이 없고 열이 올라 애를 먹었다고 했다. 그런데 그 남자가 장가를 가서 아이를 낳았더니 아이까지도 비슷한 증세가 있어서 머리를 잔뜩 기른 채로 학교를 보내야만 했다는 것이었다. 아마도 그것은 머리의 피부가 다른 사람들보다 예민하기 때문에 일어나는 '정신과 신체의 진화 현상'의 일부인 것으로 '사료'된다고 청년은 제법 학술적으로 설명했다. 우리보다 진화한 외계인들이 머리카락이 없는 것만 봐도 그것을 알 수 있다고 그는 주장했다.

노인 옆에 앉은 여자아이까지 참견했다. 자기도 머리를 깎으면 몸이 아파 오는 어떤 남자아이에 대해 들은 적이 있다며, 알고 보니 그 아이는 머리를 깎기 싫어서 그런 거짓말을 한 것이었다고 정곡을 찔렀다.

그렇게 해서 버스 지붕은 머리를 깎는 것이 과연 인체에 해로운가 아닌가에 대한 의학적이고 신학적인 토론으로 어지러웠다. 아유르 베다(인도의 자연 의학)와 크리슈나 신이 등장하고, 전설과 신화가 인용되는가 하면, 염소는 난데없이 음매 울고 닭들은 꾸벅꾸벅 졸았다.

순진한 사람들!

정면에 커다랗게 제3의 눈을 그린 푸른색 버스는 그렇게 북인도의 따사로운 햇살 속을 염소와 닭과 손님들을 가득 싣고 털털거리며 달려갔다. 멀리 보이는 눈 덮인 히말라야, 내 피부에 와 닿는 햇빛, 그리고 버스 지붕 위에 탄 동화나라의 사람들, 그것만으로도 나는 부족함 없이 행복했다.

그 무렵 나는 누군가가 필요했었다. 별일 없이 잘 돌아다니고 있는 것 같기에 아무도 내 마음의 구석진 다락방을 들여다보진 않았지만, 그 다락방 속에서 나는 무척 외롭고 사람이 그리웠었다. 그날 버스 지붕 위에서 만난 인도인들, 그들이 그 그리움을 구석구석 채워 주었다.

성자와 나비

인생에서 때로 자신이 바람의 방향을 잘못 탄 거미 같다고 느낄 때가 있다. 자기가 걷고 있는 길이 진정으로 자신에게 맞는 길인가 의심이 들 때가 있다. 20대 중반이 넘었을 때 나는 직장 생활을 그만두고 소위 영적인 추구라는 것을 시작했다. 그런 끝에 결국 인도까지 오게 됐으나, 나는 점점 아무것도 확신이 서지 않았다. 내가 찾는 진리는 어디에도 없어 보였다.

그 결과 아열대의 뜨거운 태양 아래서 나는 휘청거리기 시작했다. 그냥 집으로 돌아갈까 생각한 적도 여러 번이었지만, 인도에 오기까지 기다린 세월과 투자한 여비가 아까웠다. 그냥 포기할 순 없었다. 그래서 마지막으로 힌두교의 대표 성지라 일컬어지는 히말라야 기슭의 유서 깊은 도시 리시케시를 여행하기로 했다.

리시케시는 1960년대에 비틀즈 멤버가 그들의 영적 스승인 마하리시 마헤시 요기를 만나러 옴으로써 일약 서구 세계에 유명해진 곳이다. '현자의 도시'라는 지명답게 히말라야의 사원과 동굴들에서 내려온 많은 성자들을 만날 수 있는 곳이라고 나는 들었다. 그 성자들은 수백 년 동안 인간 육체 속에 머물면서 늘 젊은 자태로 제자들 앞에 나타난다는 것이었다.

나는 그 성자들을 꼭 한 번 만나 보고 싶었다. 그들로부터 명쾌한 인생의 해답을 듣고 싶었다. 리시케시에 도착했을 때는 시월도다 지난 석양 무렵이었다. 더 북쪽의 히말라야로 올라가는 길은 이미 두절되어 있었다. 폭설 때문에 그 길은 여름철에만 왕래가 가능했다.

숙소에 배낭을 내려놓고 나는 근처 강가로 걸어 나갔다. 리시케시를 흐르는 갠지스강은 근원지 히말라야와 가까워서 물이 얼음처럼 차고 맑았다. 강물은 해 저무는 모퉁이를 향해 천천히 흘러가고 있었다. 누가 말했었다. 가슴에서 마음을 떼어 강에 버릴 수 있다면 얼마나 좋을까 하고. 그러면 고통도 그리움도 추억도 더 이상 없을 것이라고.

나는 모래사장에 가부좌를 하고 앉아 갠지스 강물에 내 마음을 비추려고 노력했다. 그때였다. 누군가가 나를 소리쳐 불렀다.

"헬로우, 스와미!"

스와미는 명상 수행자를 부르는 말이다. 나는 소리가 들려오는 쪽으로 고개를 돌렸다. 힌두 탁발승 하나가 저만치 강가에 담요를 걸치고 앉아 있었다. 구다리 바바였다. 구다리는 헝겊이란 뜻이고, 바바는 종교적인 아버지란 뜻이다. 누더기를 걸친 탁발승을 인도에선 그렇게 부른다. 통계에 따르면 인도에는 저런 구다리 바바가 어림잡아 백만 명이 넘는다고 한다.

나를 부른 그 탁발승은 전형적인 구다리 바바답게 누더기 옷에 누더기 담요를 두르고 있었다. 지저분한 머리에 새카맣게 벌어진 앞니를 멀리서도 확인할 수 있었다.

나는 그를 외면하고 다시 명상에 들려고 노력했다.

"나 좀 보시오, 스와미! 이리 좀 오시오!"

구다리 바바가 또다시 나를 소리쳐 불렀다. 쇳소리를 내며 꽥꽥대는 거지 탁발승 때문에 도무지 명상을 계속할 수가 없었다. 얼른 가서 한 푼 적선하는 것이 상책이었다.

도대체 이 힌두 탁발승들은 어떻게 생겨 먹은 자들일까? 그들은 막무가내로 잘난 체하고, 적선에 의존하면서도 신이 자신들을 먹여 살린다고 큰소리를 친다. 세수 따위는 하지도 않은 채 평생 깎지 않는 머리카락에 소똥을 묻히고 다닌다. 왜 떠돌아다니는 거냐고 물으면 마음의 평화를 찾아서라고 당당하게 소리친다.

내가 아무 반응도 없자 구다리 바바는 더욱 큰 소리로 나를 못 살게 굴었다.

"어이, 스와미! 잠깐 나 좀 봅시다!"

이제는 강가에 있던 다른 인도인들과 외국인 여행자들까지도 호기심에 차서 그 구다리 바바와 나를 번갈아가며 쳐다보았다. 창피해서 더 이상 모른 체하고 있을 수만도 없었다.

나는 모래를 털고 일어나 구다리 바바에게로 걸어갔다. 가까이 다가가서 보니 그는 몰골이 더 형편없었다. 헝겊 쪼가리 옷은 다 해졌고, 올올이 때가 끼었다. 간쨔(대마)를 너무 피워 대서 눈동자도 흐릿했다. 지금도 그는 어디서 주워 모았는지 실뭉치를 한 줌 꺼내 놓고 담요에다 헝겊 쪼가리를 이어 붙이고 있는 중이었다. 전생에 아마도 삯바느질꾼으로 산 모양이었다.

나는 경멸의 시선을 담아 주머니에서 5루피를 꺼내 구다리 바바에게 내밀었다. 게스트하우스의 하룻밤 숙박료가 15루피였으니 5루피라 해도 결코 작은 돈이 아니었다.

구다리 바바는 히! 하고 웃으며 얼른 돈을 받아 챙겼다. 그런 그를 바라보니 슬픔이 밀려왔다. 삶이란 것이 너무 초라해 보였다. 히말라야의 성자들이라는 것 역시 커다란 환상에 불과하다는 생각이 들었다.

그런 생각을 하니 눈물이 핑 돌았다. 한때 진리를 깨닫기 위해 나는 인도로의 여행을 꿈꾸었었다. 그런데 이 무슨 어처구니 없는 희극이란 말인가.

나는 어두운 얼굴을 하고 돌아서서 모래사장을 걷기 시작했다. 강의 수면에는 노을이 슬픔처럼 번지고 있었다. 아무리 해도 가슴에서 허무나 번뇌 같은 것들을 떼어 강에 버릴 순 없는 것일까.

그때 또다시 구다리 바바가 나를 불러 세웠다.

"스와미, 잠깐만 봅시다!"

나는 뒤돌아보기도 싫었다. 이제 자비니 적선이니 하는 감정의 사치에도 시달리고 싶지 않았다.

구다리 바바는 더 큰 소리로 나를 불렀다.

"헬로우, 스와미! 잠깐만 다시 와 보시오. 내가 보여 줄 게 있소!"

고개를 돌려 바라보자 그는 자기 앞의 모래를 가리키며 그곳에 와서 앉으라는 시늉을 했다. 나는 어서 빨리 그에게서 벗어나고 싶었다.

하지만 그는 이상한 마력 같은 걸 갖고 있었다. 왠지 그의 명령을 거부하기 어려웠다. 어떤 힘에 이끌려 내가 앞에 가서 앉자, 구다리 바바는 바느질하던 담요를 옆으로 치우고 뚫어져라고 나를 바라보았다. 그의 눈동자는 생각보다 투명했다.

그 순간이었을까, 나는 갑자기 현기증 같은 것을 느꼈다. 마치 병의 주둥이로 훅 하고 흰 연기가 들어온 것처럼 뜨거운 바람 같은 것이 머릿속으로 불어 들어왔다. 구다리 바바가 내게 최면을 건 게 틀림없었다. 인도의 마법사들은 곧잘 사람에게 최면을 걸어 환상을 연출한다고 하지 않는가.

나는 최면에 걸리지 않으려고 눈을 똑바로 뜨고 있었다. 구다리 바바는 내 눈에서 시선을 떼지 않은 채로 바닥에서 모래 한 줌을 집어 들었다. 그리고 조용히 손바닥을 폈다. 그런데 그의 손에 쥐어져 있는 것은 모래가 아니었다. 모래는 사라지고, 나비 한 마리가 그의 손바닥에서 날아오르는 것이었다.

흰색 나비였다!

나비는 날개를 펄럭이며 허공을 향해 풀풀 날아 올라갔다. 내가 놀란 눈으로 쳐다보고 있자니까 구다리 바바는 다시금 모래 한 줌을 집어 들었다. 그가 손을 펴자 또다시 모래는 사라지고 나비가 날아올랐다.

이것이 환상이라는 걸까? 아니면 정말 소문대로 마법사의 최면에 걸린 걸까? 도무지 알 수 없는 일이었다.

그 순간, 내 가슴을 채웠던 생의 허무감 같은 것이 나비와 함께 하늘로 날아 올라갔다. 나는 눈이 휘둥그레져서 나비의 정체를 판독하느라 애를 썼다.

그러는 사이에 어느덧 구다리 바바는 담요를 집어 들고 저만치 걸어가고 있었다. 내가 황급히 "바바지! 바바지!" 하고 소리쳐 불렀지만, 그는 뒤도 돌아보지 않았다. 그냥 사라져 버렸다.

그 후 일주일 동안 리시케시에 머물면서 구다리 바바를 찾아 강과 사원을 뒤지고 다녔지만 끝내 그를 만날 수 없었다. 사람들에게 행색을 설명하며 그가 간 곳을 물었으나 그를 아는 이는 아무도 없었다. 앞니가 벌어진 탁발승이야 흔하다 해도, 모래를 집어 나비로 바꿔 버렸다는 내 설명에 사람들은 오히려 이상한 눈으로 나를 쳐다보았다.

구다리 바바는 겨울이 닥쳐오기 전에 설산의 동굴 속으로 떠나 버렸는지도 모를 일이었다. 그래서 담요를 깁고 있었는지도 모른다. 멀리 환영처럼 선 히말라야 영봉들은 그 어느 때보다도 신비롭게 나를 내려다보고 있었다.

단 한 번 만나고 다신 만날 수 없었지만 앞니가 벌어진 구다리 바바는 내게 무엇이 환상이고 무엇이 진실한 세계인가를 어렴풋이 알게 해 준 소중한 스승이었다.

쉬

인도 대륙을 내 집처럼 돌아다니다가 마침내 병이 나서 게스트 하우스의 골방에 쓰러졌다. 이국땅에서 병이 나면 말할 수 없이 두렵고, 외롭고, 아프다. 몸도 아프고 영혼도 아프다.

인도를 장기간 여행하다 보면 온갖 병에 시달리지 않을 수 없다. 문제는 물이다. 오염된 물은 먼저 손톱 주위나 항문에 부스럼이 생기게 하고, 양치질을 한 다음에도 생수로 헹구지 않으면 수돗물 속의 병균이 잇몸을 붓게 만든다. 게다가 인도인들이 아무데서나 수돗물을 들이켜는 걸 보고 흉내를 냈다간 당장 이질이나 설사병에 걸리고 만다. 나 역시 폭풍 설사에 구토로 죽음 직전까지 간 적도 있다. 만약 인도 여행을 다녀온 어떤 사람이 자기는 아무 물이나 마셨어도 괜찮았다고 말한다면 그는 순전히 허풍을 떨고 있는 것이다.

게다가 인도는 눈에 보이는 풍경마다 가슴이 아려서 도무지 여행할 수가 없는 나라다. 어떤 모임에서 만난 한 여성은 인도에 처음 갔다가 여덟 시간 동안 기차를 타고 가면서 내내 울었다고 했다. 거리에서 마주치는 수많은 걸인들과 가난한 사람들뿐 아니라 도처에서 맞닥뜨리게 되는 한없이 광활한 들판들도 눈물이 번지게 만든다. 만약 인도 여행을 다녀온 어떤 사람이 자기는 인도에서 한 달이나 있었지만 운 적이 없다고 말한다면 그를 경계할 일이다. 그는 이미 가슴을 어딘가에 잃어버렸을지도 모르니까.

가이드북에는 적혀 있지 않지만 눈물병도 인도에서 걸리는 심각한 풍토병 중 하나다. 물 때문에, 형편없는 음식 때문에, 그리고 가슴이 아파 오는 병 때문에 나는 고열이 나고 신음까지 하기 시작했다.

낯선 곳이라 의사를 찾아갈 엄두조차 내지 못했다. 타지마할이 있는 아그라에서 기차를 타고 뉴델리로 왔는데 게스트하우스에 배낭을 내려놓자마자 온몸에 열과 오한이 나고 호흡곤란이 시작된 것이다. 아무리 정신을 차리려고 해도 자꾸만 까부라졌다. 겁이 더럭 났다. 이러다가 인도 땅에서 죽는 게 아닐까 하는 생각도 들었다.

내가 묵은 게스트하우스는 뉴델리 철도역 근처의 파하르간지

구역에 있었다. 하룻밤 숙박료가 2천 원 정도로, 아래층에 식당이 딸려 있었지만 밥을 먹으러 갈 기운조차 없었다. 나는 완전히 고립무원의 상태에 빠졌다. 방 안에 전화도 없어서 한국의 가족이나 출판사에 연락을 취할 수도 없었다.

"이렇게 난 죽는구나. 그토록 인도에 오려고 난리를 치더니 드디어 인도 땅에서 불귀의 객이 되는구나."

나는 그렇게 끙끙 앓는 소리를 냈다. 내가 내 이마를 짚어 봐도 열이 40도는 넘는 것 같았다. 입술이 말라 자꾸만 껍질이 벗겨졌다. 물이 마시고 싶어도 생수가 없으니 참아야 했다. 나는 담요를 뒤집어쓴 채 열에 들떠 몸을 떨었다.

정신이 혼미해졌을 때 누군가가 내 앞에 나타났다. 어슴푸레한 형체가 침대 맡으로 다가오더니 내 이마에 손을 얹었다. 손바닥이 거칠었지만 느낌은 부드러웠다. 그러더니 이윽고 그 형체는 욕실로 가서 수건에 물을 축여다가 내 이마에 얹었다. 그러고는 내 귀에다 뭐라고 속삭이고는 방문을 열고 나갔다.

잠시 후 그 천사는 생수 한 병을 들고 돌아왔다. 그는 베개로 내 머리를 받쳐 물을 마시기 편하게 해 주었다. 그리고 천장에 설치된 팬을 돌려 방 안에 시원한 바람이 돌게 했다. 침착하고 조용한 행동으로 그는 내게 필요한 것이 무엇인지 잘 알고 있었다.

나는 약간 정신이 들긴 했지만 아직도 온몸을 휘두르는 정체 모를 병 때문에 끙끙 신음 소리를 냈다. 그때 그 천사가 다시 내 귓가에 대고 뭐라고 부드럽게 속삭였다. 처음에 나는 그의 말을 알아듣지 못했다. 그러자 그가 다시 내 귀에 대고 물었다.

"두 유 원트 쉬—?"

'쉬— 하고 싶은가?' 그런 뜻이었다.

어머니의 속삭임과도 같은 그 정겨운 '쉬—'라는 말을 듣는 순간 나는 마음속에 있던 두려움과 고독감이 사라지는 걸 느낄 수 있었다. 어렸을 때 수없이 들어서 내 무의식 속에 남아 있는 그 한마디가, 낯선 곳에 병들어 쓰러진 내 영혼을 부드럽게 위로해 주었다.

물론 나는 그 천사의 부축을 받아 가며 오랫동안 '쉬'를 했다. 그것은 어떤 약보다 효과 있는 치료제였다.

그때 나를 치료해 준 천사는 그 게스트하우스에서 허드렛일을 하는 인도 소년 하킴이었다.

영혼의 푸른 버스

라니케트로 가는 버스는 이미 초만원이었다. 각양각색의 인도 인들이 발 디딜 틈 없이 들어차 있었다. 10루피짜리 싸구려 사리 입은 여자와 머리에 터번을 두른 남자와 오렌지색 누더기를 걸친 사두가 한 무리로 뒤엉켰다.

그 틈새를 비집고 차장이 차비 안 내고 숨은 사람을 찾아 나섰 다. 들킨 승객은 돈이 없으니 한 번만 봐달라고 통사정했지만 소 년 차장은 막무가내였다. 마침내 할 수 없다고 여긴 승객이 주머 니에서 돈을 꺼내는데 지폐가 여러 장이었다. 기가 막힌 차장이 째려보자 승객은 당당하게 소리쳤다.

"내가 이까짓 차비를 안 내려고 꾀를 부린 게 아니야. 난 어디까지나 너의 자비심을 시험해 본 거야. 돈 몇 푼에 그렇게 인색하게 군다면 넌 이미 영혼을 잃은 거나 다름없어."

그 당찬 입심에 차장은 말을 잃었다. 그러는 사이에도 승객들이 더 올라타서 이젠 숨조차 쉬기 힘들었다. 버스 지붕으로도 사람들과 염소가 올라타고, 난데없이 닭 비명 소리가 들렸다. 의자 밑에 있는 닭을 누가 밟은 모양이었다.

이런 모든 일이 일어나는 동안 내 옆에는 이마에 붉은 점을 친 힌두교도 남자가 서 있었다. 그는 내가 차를 올라탄 다음부터 한 순간도 내게서 시선을 떼지 않았다. 커다란 두 눈이 마냥 찌를 듯이 나를 쳐다보았다.

인도인은 얼굴이 아니라 영혼을 바라본다는 말이 있다. 그리고 인도인은 중간에 시선을 돌리는 법 없이 사람을 끝까지 쳐다보는 것으로 유명하다. 한번은 영화를 보러 극장엘 들어갔는데 내 왼쪽에 앉은 남자가 영화 화면은 보지 않고 영화가 끝날 때까지 줄곧 나를 쳐다보는 바람에 곤욕을 치른 적이 있었다.

아닌 게 아니라 지금 이 인도인 역시 버스에서 내릴 때까지 날 쳐다보기로 작정한 듯싶었다. 이런 경우는 도저히 어떻게 해 볼 도리가 없을 만큼 난감하다. 같이 쳐다볼 수도 없고, 그렇다고 다른 곳으로 눈길을 돌리기도 어색하다.

탈 사람이 다 탔는지 이윽고 버스가 출발했다. 금방 부서져 버릴 것 같은 낡은 차체는 그 안에 탄 온갖 희한한 사람들과 동물들을 동화의 세계로 인도하듯 가쁜 숨을 몰아쉬며 히말라야 기슭으로 내달렸다. 그러다가 버스는 몇 사람을 더 태우기 위해 코딱지만 한 어느 마을에 멈춰 섰다. 그러고는 영영 출발할 생각을 하지 않았다.

날은 덥고, 사람들 한복판에 끼여 있으니 인도인들 특유의 체취 때문에 견딜 수가 없었다. 게다가 바로 옆에서는 힌두교도 남자가 차가 달리든 말든 나만 뚫어져라 쳐다보고 있었다. 그만 버스를 내리고 싶었지만 그 작은 마을에 게스트하우스가 있을 성싶지도 않았다. 그렇다고 이런 식으로 서너 시간을 더 타고 가야 한다고 생각하니 한숨이 절로 나왔다.

그런 내 마음과는 상관없이 마을에 멈춰선 버스는 도무지 떠날 기미가 안 보였다. 검문을 받는 것도 아니고, 차가 고장 난 것도 아니었다. 버스는 그렇게 그 자리에 30분 넘도록 마냥 서 있었다.

하지만 승객들은 아무도 불평하거나 이유를 알려고 하지 않았다. 이해가 가지 않는 일이었다. 나는 지금 아름다운 호수가 있는 북인도 나이니탈에서 이틀을 머물고 더 북쪽의 라니케트로 가는 중이었다. 버스 안에 있는 외국인은 나 혼자였다. 그리고 버스가 떠나지 않는 것 때문에 고통받는 사람도 나 혼자뿐인 것 같았다.

한 시간이 지날 무렵 나는 그만 인내심을 잃고 말았다. 달리는 만원버스 안에서도 한 시간은 긴 시간인데 찌는 날씨에 이유도 모르는 채 무작정 멈춰 있는 것은 고역이었다. 어딜 가나 이런 상황이니 나라가 발전할 리 없었다. 나는 누구한테랄 것도 없이 큰

소리로 물었다.

"이 버스, 왜 안 떠나는 거요?"

그러자 버스 안에 있던 사람들의 시선이 일제히 내게로 쏠렸다. 아무도 내 질문에 대답하지 않았다. 나는 힌두어와 영어를 섞어가며 화가 나서 소리쳤다.

"버스가 한 시간이 넘도록 서 있는데 당신들은 바보처럼 기다리기만 할 겁니까? 이유가 뭔지 알아봐야죠."

그러자 그때까지 줄곧 나를 쳐다보고 있던 그 힌두교도 남자가 조용히 입을 열었다.

"운전사가 없으니까요."

그건 나도 알고 있었다. 운전사는 그곳에 도착한 순간 어디로 사라졌는지 코빼기조차 볼 수 없었다. 내가 바라는 대답은 그런 멍청한 게 아니었다. 나는 마치 그 힌두인 때문에 버스가 움직이지 않기라도 하는 것처럼 따져 물었다.

"그렇다면 운전사가 어디로 갔는지 밝혀내야 할 게 아닙니까? 갑자기 배탈이 나서 쓰러졌는지, 아니면 옛날 동창생이라도 만난 겁니까?"

그때 더욱 화를 돋우는 대답이 버스 앞쪽에서 들려왔다.

"맞아요. 운전사가 친구를 만났어요. 둘이서 저쪽 찻집으로 갔어요."

나는 기가 막혀 말도 나오지 않았다. 이런 콩나물시루 속에 사람들을 가둬 두고서 친구와 함께 노닥거리고 있단 말인가. 그런데도 사람들은 마치 그가 왕이라도 되는 것처럼 불평 한마디 없이 무한정 기다리고만 있었다.

이건 말도 안 되는 일이었다. 아무리 인도라지만 이건 정도가 너무 심했다. 나는 당장 뛰어내려 운전사를 메다꽂고 싶었다.

그때 그 힌두교도 남자가 내게 물었다.

"당신은 어디로 가는 중입니까?"

나는 화가 나서, 라니케트로 간다고 무뚝뚝하게 대답했다. 더 이상 그와 얘기하고 싶지 않았다. 그런데 그가 또 묻는 것이었다.

"그다음엔 또 어디로 갈 예정입니까?"

나는 이런 상황에서 이 엉뚱한 인도인의 호기심에 말려들고 싶지 않았다. 그래서 더욱 퉁명스럽게 내뱉었다.

"그다음엔 다시 남쪽으로 내려올 거예요. 그래서 델리에 들렀다가 며칠 뒤 우리나라로 돌아갈 겁니다. 이제 됐습니까?"

"그럼 그다음엔 또 어디로 갑니까?"

"그거야 아직 모르죠. 또 인도에 올지도 모르고, 네팔로 갈 수도 있고. 하지만 오늘 라니케트에 도착하는 것조차 불확실한 마당에 나중의 일을 어떻게 안단 말이오?"

그러자 그 힌두인이 침착하게 말했다.

"그렇습니다. 우린 우리가 어디로 향해 가고 있는지 잘 알지 못합니다. 그러니 서둘러 어딘가로 가려고 할 필요가 없지 않습니까?"

나는 말문이 막혔다. 곁에 서서 한 시간이 넘도록 내 영혼을 꿰

뚫어 본 이 남자는 대체 뭐 하는 사람일까?

그가 다시 입을 열었다.

"모든 것은 이미 정해져 있습니다. 버스는 떠날 시간이 되면 정확히 떠날 겁니다. 그 이전에는 우리가 어떤 시도를 한다 해도 신이 정해 놓은 순서를 뒤바꿀 순 없습니다."

그러고 나서 그는 조용히 덧붙였다.

"여기 당신에게 두 가지 선택이 있습니다. 버스가 떠나지 않는다고 마구 화를 내든지, 버스가 떠나지 않는다 해도 마음을 평화롭게 갖든지 둘 중 하나입니다. 당신이 어느 쪽을 선택하더라도 버스가 떠나지 않는다는 사실엔 변함이 없습니다. 그러니 왜 어리석게 버스가 떠나지 않는다고 화를 내는 쪽을 택하겠습니까?"

나는 할 말을 잊었다. 버스 안에 있는 사람들 모두가 조용히 나를 응시하고 있었다. 그들은 내가 생각한 것처럼 바보들이 아닌지도 모를 일이었다. 나는 문득 남루한 인도인들로 변장한, 인생을 초월한 대철학자들 틈에 서 있는 듯한 느낌이 들었다.

로마의 대철학자 에픽테투스는 말했다.

"자신이 원하는 대로 일이 되어 가기를 기대하지 말라. 일들이 일어나는 대로 받아들이라. 나쁜 것은 나쁜 것대로 오게 하고 좋은 것은 좋은 것대로 가게 하라. 그때 그대의 삶은 순조롭고 마음은 평화로울 것이다."

에픽테투스는 원래 노예였다고 한다. 그의 주인은 늘 그를 학대했는데, 어느 날 주인이 심심풀이로 에픽테투스의 다리를 비틀기 시작했다. 에픽테투스는 조용히 말했다.

"그렇게 계속 비틀면 제 다리가 부러집니다."

주인은 어떻게 하는가 보려고 계속해서 다리를 비틀었고, 마침내 다리가 부러졌다. 그러자 에픽테투스는 평온하게 주인을 향해 말했다고 한다.

"거 보십시오. 부러지지 않았습니까."

그날 그 낡은 버스 안에서 나는 무슨 일이 일어나든지 감정에 흔들림 없이 현실을 수용할 줄 아는 수많은 에픽테투스들을 만난 셈이었다.

마침내 나타날 시간이 되자 운전사는 미안하지도 않은 표정으로 나타났고, 떠날 시간이 되자 버스는 떠났다. 그리고 나는 수 세기 전부터 예정된 시간에 정확히 라니케트에 도착할 수 있었다.

삶이 정확한 질서에 따라 진행되고 있는데, 나 자신이 계획한 것보다 한두 시간 늦었다고 해서 불평할 일은 아무것도 없었다. 모든 일을 받아들이는 넉넉한 마음을 지닌, 영혼이 살아 있는 아름다운 사람들을 싣고 버스는 해발 7천8백 미터의 난다 데비 히말라야의 품 안으로 성큼 달려들어 갔다.

갠지스 식당

　나는 저녁마다 그 집에 가서 남인도 음식 마살라 도사와 짜이 (우유와 함께 끓인 인도 홍차) 한 잔을 사 먹었다. 바라나시 화장터로 가는 네거리에서 서쪽으로 20미터쯤 가면 대로변에 허름한 식당이 있었다. 간판도 없었다. 그냥 다들 그곳을 〈갠지스 식당〉이라고 불렀다.

　테이블은 다섯 개뿐이고, 주방도 없이 노천에서 요리를 해다 바쳤지만 꽤 북적대는 식당이었다. 북인도에서 남인도 음식을 파는 식당들 중에 내가 판단하건대 마살라 도사를 그 집만큼 잘하는 곳도 드물었다. 우리의 찹쌀 부꾸미처럼 생긴 마살라 도사는 쌀가루 반죽을 손수건처럼 얇게 펴서 후라이팬에 지진 다음 감자와 양파 등 각종 양념 으깬 것을 한가운데 넣고 세 겹으로 접은 것이다. 그것을 카레 소스에 찍어 먹으면 더욱 맛이 난다. 남인도 첸나이를 여행할 때 처음 먹어 보고는 그 맛에 반해 나는 가는 곳마다 마살라 도사를 찾게 되었다.

그것 말고도 저녁에 갠지스 식당에 가면 온갖 흥미 있는 이야깃거리를 주워들을 수 있었다. 바라나시의 특산품인 실크 상점의 점원으로 일하는 크리슈난은 혼자 살기 때문에 늘 그곳에 와서 저녁을 먹었다. 어느 날 그가 진지한 얼굴로 말했다.

"자신의 전생을 보게 된 어떤 음악가의 이야길 해 드릴까요?"

내가 관심을 보이자 크리슈난은 의자를 잡아당겨 내 앞으로 와서 앉았다. 나는 마살라 도사 하나를 해치우고 나서 라임 조각을 띄운 뜨거운 물에 손가락을 씻고 있던 중이었다. 인도는 대부분이 손으로 식사를 하기 때문에 식사 후에는 이런 식으로 라임 조각이 담긴 작은 물잔이 제공된다. 처음에는 그것이 손 씻는 용도인 줄 모르고 라임 티로 착각해 홀쩍거리며 마신 적도 있었다.

"이건 실화예요. 절대로 꾸며 낸 얘기가 아닙니다. 한번 들어 보세요."

크리슈난은 내 물병에 담겨 있는 물을 한 모금 입에 문 다음 이야기를 시작했다.

"한 늙은 음악가가 있었는데, 남인도 하이데라바드에서 이곳까지 무려 천 킬로미터가 넘는 거리를 걸어서 순례를 왔어요. 차비가 없어서가 아니라 그냥 도보 여행을 하고 싶었던 거예요. 인도에선 걷는 게 다반사니까요."

그의 말에 따르면 그 음악가는 바라나시에 도착하자마자 곧장 성스런 갠지스강으로 가서 목욕을 했다. 그 순간 굉장한 기적이 일어났다. 강물로 눈을 씻는 순간 갑자기 그의 전생을 보게 된 것이다.

전생에 그는 힌두 고행승으로 북인도 스리나가르의 동굴에서 수행 중이었다. 그런데 평소에 힌두교에 원한을 품고 있던 회교 광신자 하나가 그를 증오하게 되었다. 어느 날 밤 광신자는 몰래 동굴에 침입해 명상에 잠겨 있는 그를 공격했다. 그는 광신자가 휘두른 칼에 찔려 그 자리서 숨을 거두었다.

과거 생을 볼 수 있게 된 음악가는 전생의 자신의 시체가 아직도 동굴 속에 그대로 방치되어 있는 것까지 다 볼 수 있었다. 그래서 그는 그 길로 스리나가르로 가서 천신만고 끝에 문제의 동굴을 찾았다고 한다. 과연 시체 한 구가 그곳에 놓여 있었다. 세월이 많이 지났을 텐데도 시체는 전혀 부패되지 않은 상태였다. 동굴이 해발 4천 미터가 넘는 고지대에 위치해 있는 탓이었다.

음악가는 전생의 자신의 시체를 수습해 바라나시의 갠지스강으로 가져왔다. 그리고 다리뼈 하나를 남기고 모두 화장을 했다. 그 다리뼈로는 피리를 만들었다고 한다.

크리슈난은 말했다.

"그 사람은 오랫동안 바라나시에 남아 피리를 불었어요. 가끔

이 식당에도 오곤 했지요. 자신의 전생의 뼈로 만든 피리 소리는 듣는 이들로 하여금 많은 걸 느끼게 했어요. 서양인들이 그 음악을 녹음해 가기도 했어요."

내가 눈을 째리며 그것이 전부 사실이냐고 캐묻자 크리슈난은 정색을 하며 말했다.

"물론이에요. 많은 사람이 알고 있는 얘긴 걸요. 당신이 원한다면 그 음악 테이프를 수소문해서 구해다 드릴 수도 있어요. 정말이라니까요."

나는 진한 향의 짜이를 한 모금 마시고 나서, 그다음은 어떻게 됐느냐고 물었다.

"어느 날 사라졌어요. 그게 전부예요. 늙은 개 한 마리가 그를 따라다니며 밥을 얻어먹었는데 개와 함께 흔적도 없이 사라졌어요. 콜카타 후글리 강가에서 여전히 피리를 불고 있는 걸 봤다는 사람도 있고, 전생에서 수행을 하던 스리나가르의 동굴로 되돌아간다는 말을 들었다는 증인도 있지만 누구도 알 수 없는 일이죠."

그러면서 크리슈난은 덧붙였다.

"피리 소리가 들리지 않으니까 왠지 허전하더라구요. 참 이상한 일이죠. 그 피리 소리는 사람의 마음을 움직이는 힘이 있었나 봐요. 그런데 이 재미있는 이야기를 공짜로 들으면서도 마냥 혼자서 짜이를 마시긴가요?"

나는 얼른 크리슈난에게 사과를 하며 주인에게 짜이 한 잔을 더 시켰다. 짜이는 한 잔에 1루피밖에 하지 않았다.

날이 완전히 어두워지면 화장터 인부 쿠마르가 일을 끝내고 늦은 저녁을 먹으러 갠지스 식당에 왔다.

쿠마르는 쉰 살이 넘었는데 말수가 적었다. 언제나 똑같은 옷차림이었으며, 주문하는 음식도 밥과 알루 둠(감자 카레)이 전부였다. 인도인들이 식사할 때 흔히 마시는 더히(전통 수제 요구르트)조차도 시키지 않았다.

하루는 크리슈난과 내가 낄낄거리며 잡담을 늘어놓고 있다가 쿠마르에게 맥주를 한 잔 사면서 그를 대화로 끌어들였다. 맥주는 워낙 비쌌기 때문에 아무나 마실 수 있는 음료가 아니었다. 내가 밖에 나가서 맥주를 사 갖고 들어오자, 어려서 천연두를 앓았는지 곰보딱지 얼굴을 한 식당 주인 미스터 티와리도 말참견을 하는 척하면서 기어코 한 잔을 얻어 마셨다.

화장터 인부 쿠마르는 손가락이 모두 합해 여섯 개밖에 없었다. 그렇다고 날 때부터 기형인 것도 아니었다. 화장터 인부는 사실 인도 사회에서 가장 밑바닥에 속하는 계층이다. 하지만 쿠마르는 완벽한 영어를 구사했다. 그것은 그가 충분한 학교 교육을 받았다는 걸 증명했다.

쿠마르가 화장터 인부가 된 데는 그만한 사연이 있었다. 그날 맥주를 나눠 마시면서 우리는 처음으로 그 기막힌 사연을 듣게 되었다.

쿠마르는 원래 인도 국책 은행의 직원이었다. 영국 유학까지 마친 그는 누구보다도 유능한 직원이었고, 장래가 보장된 거나 다름 없었다. 아내 역시 델리 대학 출신의 인텔리로 외국인 회사에서 매니저로 일하고 있었다. 그들은 주말이면 아이들을 데리고 공원 이나 사원으로 피크닉을 다녔다. 누구보다도 행복한 가정이었다.

그런데 모든 일이 그렇듯이 갑자기 불행이 닥쳤다. 서른다섯 살 이 되었을 때 쿠마르는 얼굴에 부스럼이 나고 진물이 흐르기 시 작했다. 그것은 곧 나병이라는 진단으로 이어졌다.

그는 즉시 은행에서 해고당했으며, 가족으로부터도 이별을 당 했다. 인도에서는 문둥병 환자가 마을에 나타나면 몰매를 때리는 게 관습이기 때문에 낮에는 숲 속에 숨고 밤에만 주로 이동했다. 그의 아내와 두 명의 자식도 사람들의 시선을 피해 타 지역으로 옮겨 갔다.

그가 문둥병을 치료하게 된 것은 바라나시의 갠지스강에 도착 해서였다. 그는 델리에서 바라나시까지 수백 킬로를 순전히 걸어 서 왔다. 그 사이에 살이 짓무르고 손가락이 떨어져 나갔다. 하지 만 그는 희망을 잃지 않았다. 유일한 희망은 성스런 강 갠지스였 다. 인도인들은 갠지스를 '강가 강'이라고 부른다. 강가는 어머니 신의 이름이기도 하다. 어머니 신 강가가 병을 고쳐 줄 것이라고 그는 굳게 믿었다.

한밤중에 갠지스강에 도착한 쿠마르는 곧장 신에게 바치는 기 도문을 외며 목욕 의식을 거행했다. 그리고 며칠 뒤에 기적처럼 병이 나았다.

쿠마르의 살아온 얘기를 듣는 동안에 크리슈난은 자기 잔을 벌써 다 비우고 입맛을 다시고 있었다. 하지만 쿠마르는 맥주 한 컵을 마치 성스런 물이라도 되는 것처럼 아주 천천히 마셨다. 곰보 주인 미스터 티와리도 더 얻어 마시지 못해 흘끔거리며 우리 자리를 엿보았다.

쿠마르가 말했다.

"난 곧바로 화장터 인부로 취직을 했소. 은행으로 돌아간다고 해서 다시 받아들여 줄 리도 없고. 어쨌든 돈을 벌어야 한다고 생각했소. 아내와 자식이 이디로 갔는지 찾아서 생활비라도 보내야 했으니까 말이오."

그런데 여섯 달쯤 일했을 때 델리의 사촌으로부터 연락이 왔다. 델리를 떠나 알라하바드라는 도시로 간 그의 아내와 자식은 때마침 닥친 홍수에 휩쓸려 모두 죽고 말았다는 것이다.

쿠마르는 남은 잔을 비우며 얘기를 끝맺었다.

"그렇게 된 거요. 알라하바드는 바로 요 옆에 있는 도시가 아니오? 이곳으로 데려왔어야 하는 건데 난 그럴 용기가 없었던 거요. 난들 우리에게 왜 이런 일이 일어났는지 알겠소? 그냥 모든 일을 받아들일 뿐이오."

그러면서 쿠마르는 한마디 덧붙였다.

"난 신이 인간을 만들 때는 목적이 있다고 믿소. 누구는 달리기를 잘하도록 만들었고, 누구는 장사를 잘하도록 만들었소. 반면에 내게는 문둥병을 주어 인생의 집착을 끊어 버리도록 만든 거요. 하루에도 수십 구의 시신을 장작에 얹고 태우면서 신이 내게 부여한 삶의 목적을 깨달으라고 말이오."

쿠마르의 나지막한 목소리도 끊어지고, 어느덧 밤이 깊었다. 거리의 인적도 뜸해졌다. 노천에 피운 소똥 연료의 화덕만이 푸석거리며 타오를 뿐이었다.

이때쯤이면 꼭 나타나는 손님이 있었다. 다 깨어진 손풍금을 든 두 명의 여자아이 락쉬미와 비베크 자매였다. 그들은 마지막 구걸을 하기 위해 식당 입구에 쪼그리고 앉아 손풍금을 켰다. 그러고는 목젖을 내보이며 인도 시인 까비르의 노래를 소리 높여 부르기 시작했다.

"함사 카호 푸라탄 바트, 함사 카호 푸라탄 바트……. 백조여, 네 지난 이야기를 들려다오. 넌 어느 나라에서 왔으며 어디로 가는가? 저기 슬픔도 죽음도 없는 나라가 있다. 백조여, 나와 함께 저기로 가지 않겠는가……."

머리꼭지에서 터져나오는 듯한 가성 섞인 노래와 함께 밤이 문을 닫았다. 갠지스 식당도 문을 닫을 시간이었다. 그러나 아무도 일어날 생각을 하지 않았다. 나도, 크리슈난도, 화장터 인부 쿠마르도, 그리고 식당 주인 미스터 티와리도 그냥 말없이 앉아 있었다. 몇 푼 적선을 하지 않으면 끝없이 계속될 것만 같은 두 걸인 소녀의 노래에 귀를 기울인 채로…….

아니면 우리 각자가 반쯤 졸면서 다른 어떤 상념에 잠겨 있었는지도 모른다. 팔다 남은 사브지(야채 카레)와 베간 바라타(삶은

가지로 만든 카레)가 무심히 놓여 있고, 이윽고 소똥도 떨어져 화덕의 불은 가물거렸다. 그 대신 엉킨 전선줄과, 길가에 세워 둔 텅 빈 릭샤와, 간판 없는 갠지스 식당 위로 한 점 두 점 별들이 떨어져 내렸다.

피리 부는 노인

"집에는 아이들이 다섯이나 있습니다. 먹을 것은 없고, 아내는 작년에 죽었지요."

피리 하나만 사 달라고 통사정을 하면서 노인은 집안 사정을 늘어놓았다. 어딜 가나 듣는 얘기였다. 워낙 인도의 피리 음악을 좋아하는 나이기에 잠깐 기웃거렸을 뿐이지 사실 그가 가진 형편 없는 대나무 피리들을 살 생각은 조금도 없었다. 그는 내가 관심을 보이자 필사적으로 매달렸다.

"훌륭한 물건입니다. 인도의 어딜 가도 이런 진짜배기 피리들을 구하긴 어렵지요. 싸게 해 드릴 테니 제 사정 좀 봐 주세요. 막내

아이가 열병에 걸려 사경을 헤매고 있답니다."

나는 그가 하는 거짓말을 다 알고 있다는 듯 그의 얼굴을 바라보며 물었다.

"집세도 못 내서 쫓겨났겠군요."

그러자 노인은 깜짝 놀라는 시늉을 하며 말했다.

"아니, 어떻게 그걸 아십니까? 우리 식구는 완전히 거리에 나앉았답니다. 그러니 적선하는 셈치고 하나만 팔아 주세요."

내가 다시 말했다.

"물론 일주일 동안 한 개도 못 팔았겠죠?"

노인은 말했다.

"맞습니다. 사실 이 피리들이 좋은 것이긴 해도 누가 사 줘야 말이죠. 솔직히 말해 당신처럼 히피 같은 사람들이 아니면 누가 인도 피리 따위를 사려고 하겠습니까?"

노인은 말을 마치고 나서 내 환심을 사려고 피리 하나를 꺼내더니 휘영청 불어 젖히기 시작했다. 피리 장사를 오래 한 까닭인지 피리 솜씨는 더없이 훌륭했다. 더구나 갠지스강의 낙조를 배경으로 허공에 솟구치는 피리 곡조를 들으니 감동이 더했다. 피리 한 개를 팔려고 상투적인 거짓말을 하는 것이 틀림없긴 했으나, 피리를 부는 모습은 더없이 진지하고 감동적이었다.

나는 그동안 인도 여행 때마다 피리 한두 자루를 꼭 사 들고 돌아오곤 했었다. 하지만 막상 사 온 피리들은 번번이 너무 형편없어서 제대로 소리조차 나지 않았다. 파는 사람만 멋들어진 곡조를 낼 수 있을 뿐 나 같은 아마추어는 한 음 내기도 어려웠다.

나는 또다시 쓸모없는 피리를 사고 싶지 않아서 노인에게 10루피 정도 적선하고 자리를 뜰 생각이었다. 그런데 주머니에서 10루피짜리를 꺼낸다는 것이 그만 덜렁 100루피짜리 지폐가 나오고 말았다. 내가 아차 하는 사이에 100루피는 노인의 재빠른 손 안으로 들어가 버렸다. 노인은 종이돈을 꽉 움켜쥔 손을 합장하고서 머리가 땅에 닿도록 절을 했다.

"아, 이런 고마우실 데가! 신께서 틀림없이 당신을 기억하실 겁니다. 나 또한 영원히 당신을 잊지 않겠습니다."

그러고는 돈을 움켜쥔 합장한 손을 연신 이마 위로 가져가는 것이었다. 이미 때는 늦어서 돌려 달랠 수도 없는 일이었다. 나는 맥없이 100루피를 빼앗긴 터라 속이 쓰렸지만 내색할 수도 없고 해서 억지로 자비스러운 미소를 지으며 돌아섰다. 더 손해를 보기 전에 자리를 뜨는 게 상책이었다.

노인은 몇 걸음 더 쫓아오며 감사 표시를 하다가 내가 그만 됐다고 손짓을 하자 마지막으로 합장을 하고는 작별의 손을 흔들었다. 노인으로선 뜻밖에 횡재를 한 셈이었다.

게스트하우스로 돌아온 나는 할 일도 없고 해서 일찌감치 잠이 들었다. 그리고 새벽녘이 됐는데, 난데없이 피리 소리 하나가 내 잠 속으로 파고들었다. 나는 아직 잠이 덜 깬 의식으로, 이 피리 소리가 꿈속에서 들리는 건지 창밖에서 들리는 건지 몰라 한참을 그냥 침대 위에 엎드려 있었다.

그것은 창밖에서 들려오고 있었다. 눈을 비비며 창문을 열자 베란다 밑에 어제의 그 노인이 피리를 불며 서 있었다. 나를 보더니 그는 손을 흔들어 보이고는 얼른 또다시 피리를 불기 시작했다. 가락이 긴, 아침에 듣는 인도 전통의 라가 곡이었다.

나는 순간 기가 막혀서 창문을 도로 닫았다. 어제 100루피를 빼앗아 가더니 이제는 이른 아침부터 찾아와서 흥정을 붙이고 있었다. 그래서는 금방 쪼개져 버릴 피리를 떠넘기고 또다시 거금을 우려낼 계획이었다. 고약한 노인 때문에 잠이 달아나 버렸다.

창문을 닫은 뒤에도 피리 소리는 멎지 않았다. 하는 수작은 미워도 피리 연주 실력은 역시 보통이 아니었다. 나는 조용히 타일러서 보낼 생각으로 주섬주섬 옷을 입고 밖으로 나왔다. 노인은 합장을 하며 내게 아침 인사를 했다. 나는 들은 척도 하지 않고 근엄한 표정으로 말했다.

"이보시오. 어제 그만큼 돈을 줬으면 됐지 왜 또 와서 이러는 거요? 난 분명히 말하지만 피리를 살 생각이 없어요. 그러니 어서 가시오."

그러자 노인이 말했다.

"아닙니다. 그게 아니에요."

나는 더 엄숙하게 소리쳤다.

"아니긴 뭐가 아녜요? 어서 가세요. 더 이상 내게서 뭘 뜯어낼 생각일랑 하지 말아요."

노인이 말했다.

"그게 아닙니다. 난 당신이 이곳에 머무는 동안 아침마다 당신의 방 앞에 와서 피리를 불기로 했습니다. 당신이 내게 도움을 주었으니까요. 난 그것 말고는 당신한테 해 줄 것이 없거든요."

노인의 진지한 표정을 보고 순간 나는 내가 큰 실수를 했음을 깨달았다. 노인은 거짓말을 하고 있는 게 아니었다. 그리고 돈을 더 우려내려고 찾아온 것도 아니었다. 그는 단순히 내가 준 돈에 고마움을 느껴 뭔가 보답을 하려고 찾아온 것이었다.

노인의 말은 진심이었다. 그것이 곧 밝혀졌다. 그는 내가 그 갠지스 강가에 머무는 닷새 동안 하루도 빠짐없이 아침마다 내 방 앞에 와서 필릴리 필릴리 피리를 불었다. 피리 소리에 잠이 깨어 창문을 열면 미명을 헤치고 갠지스강 위로 오렌지색 태양이 떠오르고 있었다. 노인이 연주해 주는 피리곡 때문에 나는 날마다 새롭고, 뭔가 다른 하루를 맞이할 수 있었다.

마음이 내키지도 않은 상태에서 100루피, 약 3천 원 정도를 적선한 덕분에 나는 뜻하지 않은 선물을 받았다. 노인은 내게 작은 베풂에도 보답하는 자세를 가르쳤고, 가난하지만 아직은 부유함을 잃지 않은 마음을 전해 주었다.

그 노인 덕분에 나는 지금도 잘난 체하며 말한다. 나처럼 인도 여행을 멋지게 한 사람이 누가 있겠느냐고. 어떤 국가 원수가 인도를 방문했을 때 과연 아침마다 누군가가 와서 환상적인 피리 연주로 잠을 깨워 주었겠느냐고. 내가 알기로 인도 역사상 그런 일은 단 한 번도 없었다.

바보와 현자

스와미 아난다는 바보였다. 누구나 그걸 알고 있었다. 그의 얼굴에서 풍겨 나는 것이 그가 바보라는 걸 잘 말해 주었다. 지능이 많이 떨어진 사람은 아니지만, 왠지 어리석은 사람이라는 인상을 지울 수 없었다. 게다가 성격 또한 농담을 모르고 심각해서 걸핏하면 화를 냈다. 그것 때문에 오히려 주위 사람들의 놀림감이 될 때가 많았다.

그는 내가 생활하고 있던 서인도 뭄바이 근처의 한 명상 센터에서 문지기 노릇을 했다. 물론 누가 시켜서 그가 문지기를 한 것은 아니고, 순전히 그가 자청한 것이었다. 그리고 그가 스스로 그런 결정을 한 데는 그 명상 센터를 이끄는 스승이 바로 그의 친형이라는 점이 작용했다. 그의 형은 다름 아닌 20세기 최고의 스승이라고 일컬어지는 오쇼였다.

오쇼는 그 얼굴에서 풍기는 영적인 인상만으로도 전 세계의 사람들을 매혹시켰다. 물론 용모로써 내면의 경지를 평가할 순 없지만, 영혼을 꿰뚫는 듯한 빛나는 두 눈과 멋진 수염은 현자라고 부르기에 조금도 손색이 없었다. 그는 자신의 출생에 대해 이렇게 말한 적이 있다.

"나는 이번 생으로 내 인생을 완성하기 위해 신중하게 부모를 선택해서 태어났다. 전생에서 죽은 뒤, 나는 영적 완성을 위해 5백 년 만에 다시 태어나게 되었다. 그래서 더없이 영적이고 순수한 심성을 가진 부모를 선택해 이 세상에 태어났다."

그런데 한 어머니에게서 태어난 그의 동생은 생김새가 정반대였다. 물론 전체적인 모습은 닮았지만 얼굴에 약간 심술기가 있고 어수선한 수염 역시 웃음을 자아낼 뿐이었다. 그래서 곧잘 우리들의 장난에 걸려들었다.

명상 센터에 드나들기 위해선 입구에서 출입증을 제시해야만 했다. 그 출입증을 검사하는 것이 스와미 아난다가 맡은 일이었다. 우리는 그를 놀리기 위해 일부러 출입증을 내보이지도 않고 명상 센터 안으로 달아나곤 했다. 그러면 그는 버럭 화를 내며 뒤쫓아 왔다. 그가 우리를 붙잡아 마구 화를 낼라치면 우리는 이렇게 맞받아치곤 했다.

"너의 형은 저렇게 위대한 인간이 되어 모두를 깨달음의 길로 인도하고 있다. 그런데 넌 동생이 되어서 고작 문지기 노릇만 하고 있단 말인가? 화를 낼 게 아니라 부끄러운 줄 알아라."

이런 조롱을 받으면 스와미 아난다는 갑자기 시무룩해져서 화난 얼굴로 돌아가곤 했다. 그를 잘 놀려 대는 일단의 사람들이 있었는데, 그중에서도 나는 단골손님이었다. 그는 내가 계속 짓궂게 놀려 대자 멀찌감치서 내가 나타나면 아예 고개를 외면하고 출입증을 확인할 생각조차 하지 않았다.

우리가 그를 놀려 댄 것은 그에게 악감정을 품어서가 아니었다. 인도에서의 힘든 생활과 꽉 짜인 명상 프로그램들은 자칫 우리를 심각하고 날카롭게 만들 염려가 있었다. 그래서 우리는 기회만 있으면 장난을 쳤다. 특히 오쇼를 만나기 위해 찾아온 신참내기 외국인이 있으면 우리는 그를 오쇼의 동생 스와미 아난다에게로 데려가기 일쑤였다. 아무래도 한 형제인지라 얼굴이 어느 정도 닮았기 때문에 신참자들은 곧잘 그를 오쇼로 착각하고 감격에 떨며 큰절을 올리곤 했다.

이런 우리들의 장난에 아무런 반응을 보이지 않았다면 우리도 시들해졌을 텐데, 그럴 때마다 스와미 아난다는 마구 화를 냈다. 그렇게 해서 우리는 점점 장난이 심해져 가고, 그와의 말썽도 잦아졌다. 그는 매일처럼 드나드는 사람들에게까지 너무 엄격히 출입증 조사를 하려고 드는 바람에 곧잘 실랑이가 벌어졌다.

친형인 오쇼와는 모든 것이 대조적인 인물이었다. 우리는 모여 앉으면 곧잘 스와미 아난다에 대한 이야기를 나눴다. 그리고 하루는 그 문제를 스승에게 직접 물어보기에 이르렀다. 어느 날 저녁에 열린 다르샨(스승과의 만남) 시간에 우리는 오쇼에게 질문을 던졌다.

"스승님은 자신의 완성을 위해 훌륭한 덕성을 갖춘 부모를 선택해 태어났다고 하셨습니다. 그런데 똑같은 부모에게서 태어났음에도 불구하고 스승님 자신은 위대한 깨달음에 이르렀지만 동생인 스와미 아난다는 모든 것이 열등한 인간으로 태어났지 않습니까? 동생을 보면 우리는 스승님이 훌륭한 부모를 선택해서 태어났다는 말이 사실로 여겨지지 않습니다. 여기에 대해 설명해 주십시오."

오쇼는 제자들에게 말했다.

"나는 내 동생에게 감사드린다. 그가 있었기에 내가 있을 수 있었다. 이 우주는 모든 것이 완벽한 조화를 이루고 있다. 산이 있으면 골짜기가 있고, 빛이 있으면 어둠이 있다. 내가 있기 위해 동생이 있는 것이다. 우리는 음과 양처럼 하나의 종합을 이루고 있다. 우주에는 '나' 또는 '너'란 존재하지 않는다. 우주에 있는 모든 존재는 다만 한 몸일 뿐이다."

스승의 일갈에 우리 모두는 숙연해질 수밖에 없었다. 나 역시 스와미 아난다를 놀려 댄 것이 부끄러웠다. 그것을 계기로 우리의 장난은 좀 수그러들었지만, 그 이후에도 스와미 아난다는 계속 명상 센터의 문지기를 자청했다. 비가 오는 날이면 우산을 쓰고 앉아서 출입증을 조사했다. 수염을 여전히 길렀으며, 허름하긴 하지만 그의 형처럼 털모자를 쓰고 나타나기도 했다. 이른 아침이면 아열대의 축축한 안개 속에 스와미 아난다가 정문을 지키며 홀로 앉아 있곤 했다. 가끔 누군가 짓궂게 굴라치면 그는 여전히 버럭 화를 냈다.

그러나 스와미 아난다가 우리들 누구보다도 세상의 일에 초연해 있음을 보여 주는 사건이 일어났다. 바로 오쇼가 세상을 떠난 것이다. 오쇼의 갑작스런 죽음은 우리들 모두에게 큰 슬픔과 충격으로 다가왔다.

스승과의 이별에 대한 슬픔도 컸지만, 우리가 소중히 여기는 명상 센터의 장래가 걱정이었다. 스승이 없다면 명상 센터 역시 지속되기 어려울 뿐더러 자칫하면 하나의 단체로 전락할 염려가 있었다. 그런 사례를 우리는 너무도 많이 봐 왔기 때문이다. 벌써부터 다른 명상 센터로 떠나는 사람들까지 감지될 정도였다.

그런 우리의 염려와는 달리 스와미 아난다는 여전히 정문의 문지기를 고수했다. 그는 조금도 달라진 것이 없었다. 비가 오면 전처럼 우산을 쓰고 앉아 있었고, 안개 속에서도 늘 그의 모습을 확인할 수 있었다. 어느 날 우리들 중 누군가가 그에게 물었다.

"당신은 형이 죽었는데 이 명상 센터의 앞날이 걱정되지 않는가? 다들 앞으로의 일을 염려하고 있고, 슬픔에 잠겨 있다. 그런데 당신은 왜 아무렇지도 않은가?"

그러자 스와미 아난다는 대답했다.

"내가 왜 걱정을 해야 하는가? 이 명상 센터는 내 소유가 아니다. 그런데 내가 왜 내 소유가 아닌 것을 놓고 미래를 염려해야 한단 말인가? 더구나 스승은 우리에게 미래가 아니라 현재에 살라고 가르쳤지 않은가?"

그의 이 말은 우리 모두에게 큰 깨우침을 주었다. 이 세상에 진정으로 우리의 것이란 없음을 배우기 위해 우리는 명상 센터에 오지 않았던가. 미래에 살기보다는 '지금 여기'에 살기 위해 온갖 명상 프로그램에 참가하지 않았던가. 다들 어리석은 사람으로 여겨던 스와미 아난다는 어느새 '진정으로 자신의 것'이 무엇인가를 구별하는 능력을 갖고 있었던 것이다.

스와미 아난다의 그 말은 나한테도 큰 지침이 되었다. 상황의 변화가 생기고 내 곁에 머물렀던 것이 떠나갈 때마다, 미래에 대한 불안감이 자리 잡으려고 할 때마다, 나는 스승의 어떤 가르침보다도 스와미 아난다의 그 말을 깨우침의 거울로 삼았다.

"그것은 내 소유가 아니지 않은가? 그런데 내가 왜 걱정해야 하는가? 스승은 우리에게 미래가 아니라 현재에 충실하라고 가르쳤지 않은가?"

오렌지 세 알

처음에 나는 대참사가 일어난 줄만 알았다. 지진과 화재와 폭우가 그 도시를 무참히 유린한 것만 같았다. 호텔들은 무너지고, 불에 타거나, 홍수에 떠내려가고 없었다.

구월도 어느덧 중순에 접어들 무렵, 나는 인도가 가진 가장 아름다운 유산으로 일컬어지는 타지마할을 보기 위해 기차를 타고 북인도 아그라 시에 도착했다. 자정이 넘은 시각이었지만 기차역은 관광객과 쿨리(짐꾼), 여행자들, 손님을 끌기 위해 고함치는 릭샤꾼들과 호텔 호객꾼들로 말 그대로 아수라장이었다.

저녁 나절에 도착하기로 된 기차가 다섯 시간이나 연착하는 바람에 밤늦게 도착한 것이다. 나 같은 여행자로선 무엇보다 숙소를 정하는 일이 급했다.

내가 기차에서 내리자마자 백 명이 넘는 릭샤꾼과 호텔 호객꾼들이 우르르 몰려왔다. 하지만 나는 그들에 대해 잘 알고 있었다. 시내에서 멀리 떨어진 싸구려 여인숙으로 데려가서는 턱없이 비싼 방 값을 요구하는 게 그들이었다. 이미 인도 여행을 몇 차례나 다닌 나였기에 이제는 어떤 사기꾼에게도 넘어가지 않을 자신이 있었다.

인간이 만든 가장 뛰어난 건축물로 꼽히는 타지마할 때문에 아그라에는 전 세계 여행자들의 발길이 1년 내내 끊이지 않는다. 그래서 인도에서 호객꾼들의 등쌀이 가장 심한 곳도 바로 아그라이다. 호객꾼들은 이제 수법이 다양해져서, 멋진 옷에 선글라스를 끼고 거리에서 우연히 아는 체를 한다. 그러고는 학생이나 은행원이라고 자신을 소개하면서 외국의 여러 나라에 대해 배우고 싶다고 접근한다. 마침내 그들이 기꺼이 초대하는 '우리 집'에 따라가 보면 그곳은 영락없이 기념품 가게이다. 그들은 으레 그곳이 자신의 삼촌이나 형님이 운영하는 곳이라고 소개를 한다.

하지만 내가 누구인가!

나는 이미 그런 얕은 수작쯤은 파악하고 있었다. 어느덧 인도 여행에 도가 텄다고 자타가 인정하는 바였기에 나는 여유만만한 미소를 지으며 호객꾼들을 헤치고 앞으로 나아갔다. 그러나 한편으로는 주의 깊은 시선으로 적당한 인물을 찾았다. 나로선 내 명령에 따라 충실히 내가 원하는 게스트하우스로 데려다줄 어리숙한 릭샤 운전사가 필요했다.

나는 마지막으로 "박시시(자선을 베푸세요)!"를 외치는 걸인들까지 떼어 놓고 무사히 역 건물을 빠져나왔다. 그곳에 마침내 내가 찾던 인물이 눈에 띄었다. 아직 나이가 어리고, 자신감이 결여돼 있고, 왠지 서툴러 보이는 릭샤꾼이었다. 그는 감히 고참들을 따라 플랫폼까지 들어가지도 못하고 역사 밖에서 혼자 서성대고 있었다. 그러니 자기한테 차례가 올 리 없었다.

바로 내가 바라던 그런 친구가 아닌가!

나는 손을 번쩍 들고서 잔뜩 권위 있는 음성으로 그를 불렀다.

"이다르 아이예(이리 오게)! 컴 히어!"

그는 대번에 총알처럼 달려왔다. 함박웃음을 짓는 그에게 나는 자선을 베풀듯 배낭을 건넸다. 그는 꿈벅 죽는 시늉을 하며 배낭을 릭샤에 실었다. 나는 그에게 대뜸 이름부터 물었다. 식민지 시절의 영국인들처럼 미리부터 제압을 하고 들어가자는 속셈이었다. 릭샤꾼은 연신 굽신거리며 자신의 이름이 '인드라'라고 했다. 인드라는 가장 높은 하늘에 산다는 최고의 신이 아닌가.

그렇게 해서 인도 최고의 신의 이름을 가진 오토 릭샤 운전사와 함께 아그라의 밤 여행이 시작되었다. 릭샤는 부릉거리며 아그라 역을 등지고 타즈간지 구역으로 향했다. 타즈간지는 타지마할과도 가깝고, 배낭 여행자들을 위한 값싼 여인숙과 게스트하우스들이 많은 동네이다.

인드라는 영어도 서툴고 운전도 서툴었다. 그런 서툰 점이 나는 마음에 들었다. 인드라는 타즈간지의 어느 호텔로 가겠느냐고 물었다. 나는 이미 안내 책자에 줄을 그어 놓은 대로, 가장 값싸고 깨끗한 샨티 로지 게스트하우스로 가자고 말했다.

그러자 인드라는 깜짝 놀라며 고개를 저었다. 그의 설명에 따르면 샨티 로지 게스트하우스는 보름 전쯤에 무너져 버렸다는 것이었다. 부실 공사 때문에 갑자기 붕괴해 버렸고, 많은 인명 피해까지 났다는 것이었다.

어떻게 그럴 수 있느냐고 의아해하자, 인드라는 이곳은 인도가 아니냐고 반문했다. 인도의 건물들이 오죽하겠냐는 것이었다.

그것도 그럴 법한 일이었다. 나는 여행 도중에 인도인들이 개미 떼처럼 모여 건물을 짓는 것을 여러 차례 구경한 적이 있었다. 도구라고는 세숫대야 같은 걸로 자갈과 모래를 머리에 져 나르는데, 건축 과정이 어찌나 허술한지 도무지 건물이 설 것 같지 않았다.

내가 가고자 하는 여인숙이 보름 전쯤 붕괴해 버렸다는 소식을 들으니 다시금 이곳이 인도라는 사실이 실감났다. 나는 가이드북을 펴낸 출판사에 이 소식을 알려야겠다고 생각하며, 두 번째 후보로 점찍어 둔 싯달타 호텔을 떠올렸다.

싯달타 호텔로 가자는 나의 말에 인드라는 아까보다 더 크게 놀랐다. 그곳 역시 불가능하다는 것이었다. 싯달타 호텔은 한 달 전쯤에 화재가 나서 전소해 버렸다는 것이었다.

어처구니가 없었다. 세계 최고의 여행 가이드북에서 가장 좋은 싸구려 숙박시설이라고 소개한 두 여인숙이 건물 붕괴와 화재로 한꺼번에 자취를 감춰 버린 것이다.

릭샤 운전사 인드라는 인도의 숙박시설에 화재 경보 장치나 소화기 시설이 제대로 돼 있겠느냐며 나를 이해시키려고 노력했다. 그러는 사이에도 릭샤는 안개와 어둠에 가려진 아그라 시내를 붕붕거리며 달려갔다.

나는 마지막 후보로 선정해 둔 타지케마 호텔로 가기로 마음먹었다. 그곳은 인도 정부가 운영하는 게스트하우스였다. 시설은 우수하지 않지만 이른 아침에 타지마할을 내려다볼 수 있는 것이 큰 장점이었다. 아열대의 새벽 공기 속에서 세계 최고의 건축물인 타지마할을 바라본다는 것은 생각만 해도 가슴 뛰는 일이었다.

더 생각할 이유가 없었다. 나는 주저 없이 인드라에게 타지케마 호텔로 갈 것을 지시했다. 그러자 인드라는 달리는 릭샤에서 떨어질 것처럼 화들짝 놀라며 그것은 더더욱 불가능하다고 말했다.

또다시 불길한 말을 듣게 될까 봐 걱정이 된 나는 조심스레 이유를 물었다. 인드라는 차마 말하기 미안하다는 듯 머뭇거리다가, 타지케마 호텔은 지난여름의 우기 때 홍수가 나서 떠내려가 버렸다고 말했다.

나는 완전히 할 말을 잃었다. 인도의 장마는 유명하지 않느냐는 인드라의 설명도 귀에 들리지 않았다. 하기야 바라나시의 역사적인 건축물들도 장맛비에 기우는 판이니, 이해가 가지 않는 일도 아니었다. 마치 도시 전체에 대참사가 일어난 것만 같았다. 무너지고, 불타고, 떠내려가다니! 이런 도시에 여행을 온 나 자신이 한심했다. 타지마할은 안전한지 그것조차 의심이 갔다.

하지만 어쨌든 나는 여행자 신세였다. 어디선가 하룻밤 잠을 청해야만 했다. 이런 위험한 곳에서 노숙을 시도할 순 없는 일이었다.

침울해진 내 마음을 인드라가 서툰 영어로 위로했다. 낯선 나라를 여행하다 보면 그럴 수도 있는 일이며, 다시 말하지만 이곳은 인도가 아니냐는 것이었다.

마침내 인드라는 자기가 아는 호텔이 한 군데 있는데, 타지마할도 잘 보이고 방마다 샤워실까지 딸린 곳이니까 그곳으로 안내하겠다고 말했다. 그곳은 자기의 삼촌이 운영하는 호텔이라서 잘하면 값도 깎을 수 있을 것이라고 했다.

삼촌이 운영한다는 말에 얼핏 의심이 갔지만, 이미 늦은 밤 시간이라서 릭샤 왈라를 붙들고 왈가왈부할 수도 없는 일이었다. 내가 체념하듯 고개를 끄덕이자 인드라는 한껏 속력을 내어 밤안개 속을 내달렸다.

마침내 나는 릭샤 왈라가 소개한 누추한 여인숙에 도착했다. 콧수염을 기른 주인 남자는 미소로 나를 맞았으며, 인드라가 거들어 준 덕분에 숙박비도 약간은 깎을 수 있었다. 그러나 주인 남자가 인드라의 삼촌인 것 같지는 않았다. 생긴 모습이 영 딴판이었다.

나는 서둘러 짐을 풀고 곧바로 잠이 들었다. 꿈속에서 내가 자고 있는 여인숙이 강물에 둥둥 떠내려가는 장면에 기겁을 하고 일어나니 어느새 아침이었다. 창문으로 쏟아지는 햇빛이 눈부셔서 더 이상 잠을 잘 수도 없었다.

나는 세수를 하고 나서 배낭에 든 오렌지 세 알을 꺼내 들고 밖으로 나왔다. 아침을 먹기 전에 먼저 타지마할을 구경하고 싶었다. 걸어서 1분도 안 되는 거리에 있다니까 어려운 일도 아니었다.

타지마할은 예상했던 것보다 멀었다. 1분 거리에 있다는 말은 순전한 거짓말이었다. 길을 물어 가며 한 시간 넘게 걸었을 때에야 비로소 타지마할이 가까웠음을 알 수 있었다. 짜이 가게와 바나나 파는 노점상들이 군데군데 늘어서 있고, 비디오 카메라를 든 단체 관광객들이 거리 풍경을 열심히 촬영하고 있었다.

타지마할 안으로 들어가기 전에 나는 거리에 선 채 호주머니에서 오렌지를 꺼냈다. 인도의 오렌지는 볼품은 없지만 맛이 있다.

한가로이 서서 오렌지 껍질을 벗기고 있는데, 문득 내 시야에 호텔 싯달타의 간판이 들어왔다. 어젯밤 내가 가고자 했던 바로 그 호텔이 아닌가! 릭샤 운전사 인드라는 분명히 싯달타 호텔이 화재로 홀랑 타 버렸다고 말하지 않았던가.

나는 멍한 기분으로 싯달타 호텔을 열심히 쳐다보았다. 그러다가 화가 나서 들고 있던 오렌지를 길바닥에 내동댕이쳤다. 그러자 지나가던 소가 얼른 그것을 집어삼켰다. 싯달타 호텔에서 서양인 남녀 여행자가 똑같은 선글라스를 끼고서 즐겁게 걸어 나왔다.

순진한 릭샤 왈라에게 당한 것이다. 심사숙고해서 어리숙해 뵈는 친구를 골랐는데, 멋지게 나를 속여 넘긴 것이다. 대단한 친구다. 멀쩡하게 잘 있는 호텔을 한 달 전에 불타 버렸다고 거짓말을 하다니!

나는 근처에 있는 샨티 로지 게스트하우스도 확인했다. 폭삭 무너지기는커녕 어떤 곳보다 많은 여행자들이 들락거리고 있었다. 나는 더 기분이 나빠져서 또다시 오렌지 하나를 땅바닥에 집어던졌다.

홍수에 떠내려갔다는, 인도 정부가 운영하는 타지케마 호텔도 타지마할 오른편에 멀쩡하게 서 있었으며, 역시 전망으로 따지자면 최고의 위치였다. 몇 푼 커미션을 벌기 위해 엉터리 거짓말을 해 대고 나를 다른 호텔로 데려갔던 것이다. 다음 날 아침이면 백일하에 드러날 거짓말을 하다니!

그날 아침 나절을 나는 타지마할을 구경하는 것도 집어치우고 인드라를 찾아내 요절을 낼 생각으로 사방팔방을 찾아다녔다. 그러나 마침내 내가 알게 된 사실은 아그라에만 '인드라'라는 이름을 가진 릭샤꾼이 쉰 명이 넘는다는 것이었다. 인드라를 찾아내는 것도 불가능했지만, 결국 내 꾀에 내가 넘어간 셈이니 누굴 탓할 수도 없었다.

정오가 지날 무렵, 나는 인드라 찾는 것을 포기하고서 마지막 남은 오렌지 한 알을 까 먹으며 타지마할을 향해 발길을 돌렸다. 타지마할은 파리의 에펠탑처럼 인도를 대표하는 건축물이다. 그 아름다움과 신비는 기대한 것 이상이었다.

인도를 점령한 모굴 제국의 황제 샤 자한은 무소불위의 권력자였다. 그의 아내 뭄 타즈는 열네 명의 아이를 낳았으며, 마지막 열다섯 번째 아이를 낳다가 그만 세상을 떠나고 말았다. 샤 자한은 죽은 아내를 추억하기 위해 타지마할이라는 이 역사적인 무덤을 만들었다.

무덤이기 이전에 타지마할은 예술의 완성품이다. 그것을 짓기 위해 인도 전역과 중앙아시아로부터 2만 명의 인부가 동원되었고, 프랑스 보르도의 건축가 오스틴과 이탈리아 베니스의 건축가 베로네오가 건물의 장식을 담당했다. 주요 건축은 이란의 시라즈 출신의 이사 칸이 맡았다. 건축은 1631년에 시작되어 1653년에 완성되었다.

어쨌든 타지마할을 구경하게 되어서 나는 행복했다. 마침 보름날이 다가왔으므로, 밤에 다시 와서 구경하기로 했다. 흰 대리석의 타지마할은 보름달 아래서 볼 때 그 미학이 완성된다고 하지 않는가. 밤에 보면 허공에 떠 있는 신비의 궁전처럼 보인다는 것이다.

지금으로부터 360년 전에 인도인들은 이토록 아름다운 건축물을 세웠다. 나는 미처 그 사실을 생각하지 못했었다. 그래서 릭샤 운전사에게 순진하게 속아 넘어간 것이다. 세계적인 건축물 타지마할을 세운 이 나라의 건축가들이 아무 이유 없이 폭삭 주저앉거나 홍수에 간단히 떠내려갈 건물을 지을 리 만무했다.

서너 번 인도 여행을 한 것을 갖고 마치 인도를 정복하기라도 한 것처럼 자신만만하던 내게 인드라는 큰 교훈을 심어 주었다.

인생 역시 그렇지 않은가. 우리는 얼마나 자주 자신이 모든 걸 아는 것처럼 잘난 체하는가.

아루나찰라 산의 성자로 일컬어지는 라마나 마하리쉬는 『마하리쉬와의 대화』에서 이렇게 말했다.

"신은 자만심에 차 있는 사람과 가장 거리가 멀다. 왜냐하면 다른 모든 사람들은 신을 필요로 하지만, 자만심에 찬 사람은 신 없이도 자신이 잘 살아갈 수 있다고 믿기 때문이다."

인생

어떤 자는 여행을 하도록 숙명적으로 태어난다. 그는 남루한 옷
에 낯선 장소의 고독을 마다하지 않으며, 그가 오랜 시간대에 걸쳐
별들을 여행한 것처럼 이 지상의 여러 마을들을 통과해 마침내 자
기 자신에게 이르는 것을 거부하지 않는다.

−바바 하리 다스

나는 그녀를 델리 공항에서 만났다. 그녀는 대학에서 컴퓨터를
전공하는 학생이라고 자신을 소개했다. 그것이 거짓말이라는 걸
나는 직감할 수 있었다. 하지만 세계에서 가장 아름답다는 인도

여성답게 한눈에 반할 만큼 미인이었다.

그날 아침, 나는 비행기 좌석을 알아보려고 공항으로 나갔다. 오랜 여행에 몸과 마음이 다 지쳤기 때문에 뭄바이의 명상 센터로 돌아가 당분간 쉬고 싶었다. 그러나 비행기는 닷새 뒤에나 자리가 있었다.

나는 막막해져서 대합실 의자에 주저앉았다. 뭄바이까지 기차를 타고 갈 수도 있었지만 또다시 서른 시간이 넘는 여행을 할 순 없었다. 지금은 그런 여행을 하기엔 몸과 마음이 무리였다.

어떻게 할까 고민하다가 나는 문득 옆자리에 앉은 여성과 시선이 마주쳤다. 그녀 역시 혼자서 누구를 기다리고 있는 듯했다. 긴 머리에 갈색 피부를 한 그녀는 대개의 인도 여성들과는 달리 전통 의상을 입지 않고 청바지에 티셔츠 차림이었다.

외국 여행자인 내게 그녀가 먼저 말을 걸었다. 사실 전통 의상을 입은 여성들은 인도 특유의 보수적인 성향 때문에 말을 건네기가 어려웠다. 그래선지 나는 현대식 복장을 한 그녀가 편하게 느껴졌다.

그녀는 델리 대학의 공대에서 컴퓨터를 전공하는 학생이라고 자신을 소개했다. 델리 대학은 인도에서 최고로 꼽히는 명문 대학이다. 누굴 기다리느냐고 묻자 그녀는 친구와 함께 뭄바이에 가기로 약속했는데 두 시간이 넘도록 나타나지 않는다고 실망한 표정을 지었다.

나는 약속을 잘 지키지 않는 인도인들의 습관에 대해 몇 마디

농담을 던졌다. 그러자 그녀는 정색을 하며 말했다.

"그 친구는 인도인이 아니라 서양인 남자 친구예요."

그 말에 나는 잠시 어색했다. 그녀는 약간 슬픈 표정이었다. 매혹적인 눈동자 속에는 어둔 그늘이 있었다. 젊고 아름다운 인도 처녀와의 약속을 지키지 않은 그 서양인 녀석은 누구일까.

마침내 그 델리 대학 여대생과 나는 자리에서 일어섰다. 그녀의 약속은 깨졌고, 나 역시 시내의 호텔로 돌아가야만 했다. 우리는 함께 릭샤를 타고 30분 거리에 있는 델리 중심가의 코너트 플레이스로 갔다.

릭샤를 내렸을 때는 마침 점심시간이었다. 나는 릴루와 함께 근처 식당으로 갔다. 늘 노천 식당에서 싸구려 음식을 사 먹다가 에어컨이 설치된 고급 식당에 들어가니 어색했다. 웨이터가 올 때마다 나는 내 때묻은 옷이 신경 쓰였다. 그런 나를 보고 릴루는 킥킥대며 웃었다.

릴루는 웃는 모습이 아름다웠다. 웃을 때면 가지런한 치아가 눈부셨다. 주문한 음식을 기다리며 우리는 내가 여행한 도시들에 대한 얘기를 나누었다. 그녀 역시 북인도 여러 도시를 여행한 적이 있었다. 열두 살 때는 부모를 따라 3천5백 미터 높이에 있는 히말라야의 성지 강고트리까지 간 적도 있었다. 그녀의 아버지는 그곳 온천에서 목욕을 했으며, 한 힌두 성자가 그녀에게 축복을 내려 주었다. 성자는 어린 그녀를 바라보며 인생에서 마음의 평화를 찾도록 노력하라고 가르침을 주었다.

릴루가 말했다.

"사실 난 그때 나이가 어렸기 때문에 고통이나 슬픔 같은 것들을 느끼지도 않았어요. 그런데 성자가 내게 마음의 평화를 찾으라고 말하니까 기분이 이상했어요. 내 인생에서 그때가 가장 평화로운 시기였거든요. 그래서 난 그 성자가 그냥 아무에게나 그렇게 말하는가 보다고 생각했어요."

릴루는 그 후 마음이 괴로울 때나 힘들 때면 강고트리의 그 성자가 생각나곤 했다고 고백했다. 성자를 생각하는 것만으로도 마음이 한결 평화로워졌다는 것이다. 가끔은 그 성자가 아직도 살아 있는지, 또 아직도 그곳 강고트리에 있는지 궁금하다고 릴루는 말했다.

릴루는 문득 내게 인도를 좋아하는 이유를 물었다. 나는 딱히 어떤 이유를 댈 순 없지만 인도의 많은 것들에 마음이 끌린다고 대답했다.

내 얘기를 듣고 나서 릴루는 무심코 자기는 이 나라가 싫다고 말했다. 보수적이고 전통 위주인 인도 사회가 답답하다는 것이었다. 그리고 릴루의 집안은 가난했다. 그녀의 부모는 20년째 정부가 임대한 소형 아파트에서 살고 있었으며, 독립된 방도 없이 원룸 형식인 그 아파트에서 늙은 할아버지까지 함께 살았다.

릴루는 낡은 아파트와 천식에 걸린 할아버지에게서 나는 냄새가 싫었다. 더구나 철도 공무원이었던 아버지는 사고로 다리 하나를 잃었다. 다섯 명이나 되는 동생들은 학교를 다니는 둥 마는

둥 하고 일자리를 찾아 떠돌아야만 했다. 바로 밑의 여동생은 아예 집을 나가 버렸고, 남동생은 네팔로 간 뒤 소식이 끊어졌다고 했다.

그러다가 릴루는 최근에 뉴욕에서 여행 온 미국 청년과 사랑에 빠졌다. 청년은 그녀에게 결혼을 약속했고, 그녀는 미국으로 건너가 패션 디자인을 공부할 계획을 세웠다. 잠시 생의 희망이 그녀를 찾아왔다. 하지만 미국인 애인은 오늘 공항에서 만나자는 릴루와의 약속을 지키지 않았다. 릴루를 버리고 혼자 떠난 것이다.

릴루의 눈에 눈물이 어른거렸다. 나는 그녀를 위로해 주고 싶었지만 아무 말도 할 수가 없었다.

점심을 먹고 나서 우리는 시내를 산책했다. 그리고 그날 오후 우리는 박물관에 가서 기원전 2,3세기 경의 마우라 왕조의 목각품과 테라코타를 구경했다. 청동 조각품과 세밀화들도 전시되어 있었다.

나는 릴루에게 그림 보는 눈이 있음을 알아차렸다. 그녀는 역사적인 사실까지 곁들여 가며 그림의 특징들을 하나씩 설명했다. 릴루는 한때 화가가 되는 것이 꿈이었다고 말했다. 벽화와 세밀화들을 설명할 때 릴루의 얼굴에는 생기가 넘치고, 그녀는 잠시 발랄하고 매력적인 처녀로 되돌아왔다.

박물관은 오후 5시에 문을 닫았다. 그리고 서둘러 저녁이 찾아왔다. 릴루와 나는 다시 시내 중심가로 돌아왔다. 한낮의 열기가 사라지고, 형형색색의 행인들 위로 오렌지색 석양이 번졌다.

저녁이 되자 릴루는 다시 고독해졌다. 대화를 하는 중간에도 그것이 느껴졌다. 그녀는 이렇게 말하기도 했다.

"저녁이 오면 자꾸만 누군가가 날 부르는 것 같아요. 어디론가 가야 할 것 같은데, 그곳이 어딘지 모르겠어요. 나는 분명히 뭔가를 원하고 있는데, 내가 원하는 게 과연 무엇인지 알 수가 없어요."

그날 릴루와는 시내 중심지 어딘가에서 헤어졌다. 그 장소가 어디였는지는 잘 기억나지 않는다. 그러나 그때의 분위기만은 똑똑히 기억난다. 릴루와 나는 손을 흔들며 헤어졌고, 인파들 속에 묻혀져 가는 그녀의 뒷모습을 바라보면서 내 안에는 어떤 허무감과 슬픔 같은 것이 교차했다.

호텔로 돌아오는 길에 나는 울적한 기분을 달랠 겸 가게에 들러 '구루'라는 상표가 붙은 맥주 두 병을 샀다. 구루는 영적 스승이란 뜻인데 그런 걸 맥주 이름으로 하다니 역시 인도다웠다. 맥주는 이름 때문인지 무척 비쌌다.

호텔 입구에 도착했을 때 한 인도인 청년이 다가왔다. 그는 현관으로 들어서는 내게 얼른 팸플릿 한 장을 건네주고 멀어져 갔다. 프런트에서 열쇠를 받아 들고 계단을 올라가면서 펴 보니 팸플릿에는 '히말라야의 영원한 성지, 강고트리로 오세요!'라는 글귀와 함께 배경엔 강고트리의 눈 덮인 산이 펼쳐져 있었다. 릴루가 어렸을 때 아버지를 따라갔다던 그 성지 강고트리였다. 낮에 릴루와 함께 강고트리에 대한 얘기를 했는데 또다시 강고트리를 설명하는 여행 팸플릿을 받다니 이상한 우연이었다.

방에 돌아온 나는 맥주를 조금 마신 다음, 텔레비전에서 인도 영화를 보다가 잠깐 잠이 들었다.

얼마쯤 잤을까, 요란한 전화벨 소리에 잠이 깨었다. 수화기를 드니 호텔 프런트의 직원이었다. 누가 날 찾아왔다는 것이다.

릴루였다.

릴루는 낮의 옷차림에다 긴 초록색 스카프를 목에 두르고 흔들리며 내 방으로 걸어 들어왔다. 스카프에 매달린 작은 장식용 거울 조각들에 방 안의 불빛이 반사되어 어른거렸다. 술에 취해 있진 않았지만 왠지 그녀가 흔들리는 발걸음으로 걸어 들어왔다고 나는 기억된다.

우리는 잠시 어색했다. 그리고 곧 이런저런 얘기를 나눴다. 릴루는 아까 나랑 헤어져 집에 들렀다가 다시 외출해 친구를 만난 뒤 이리로 왔다고 했다.

릴루는 바닥에 앉아 내가 마시다 남은 맥주를 마시고, 나는 침대에 기대 앉아 그 모습을 바라보았다. 릴루는 자기가 부담이 되면 곧 가겠다고 말했다. 자기에게 가장 부담스러운 건 자기 자신인데, 타인에게까지 부담을 주는 건 싫다는 것이었다. 나는 그런 생각일랑 하지 말라고 충고했다.

그날 밤 릴루는 맥주를 더 마시고 침대에서 잠이 들었다. 나는 새벽이 밝아오도록 벽에 기대어 잠이 오지 않았다. 릴루는 고른 숨소리를 내며 깊이 잠들었다. 가끔 뭐라고 잠꼬대를 했지만 무슨 뜻인지 알아들을 수 없었다.

릴루가 델리 대학의 학생이 아니더라도 내겐 상관없는 일이었다. 평온하게 잠이 든 그녀는 어렸을 때 히말라야의 성지 강고트리에서 힌두 성자로부터 축복을 받던 그 순수한 얼굴을 그대로 간직하고 있었다. 삶이 고통스럽다 해도 그녀는 그것을 초월할 수 있는 내적인 힘까지 다 잃은 건 아니었다. 다만 그녀를 앞으로 나아갈 수 있도록 조금만 이끌어 줄 누군가가 필요할 뿐이었다.

고독한 여인의 영혼! 고독하기 때문에 근접할 수 없고, 신비감과 허무감이 교차하는 한 영혼이 릴루에 대한 나의 오랜 기억이다. 그리고 세월이 흐를수록 그 기억은 더 뚜렷해져서 릴루가 더욱 고독하고 신비하게만 다가온다.

다음 날 아침 헤어지면서 릴루는 내게서 강고트리의 여행 안내 팸플릿을 가져갔다. 그녀는 말했다.

"주변을 정리하고 강고트리로 가겠어요. 어렸을 때의 그 성자도 찾아보고요. 만날 수 있을진 모르지만요. 성자를 만나지 못한다 해도 떠나야 할 것 같아요."

내가 말했다.

"눈 때문에 길이 끊어지기 전에 서둘러야겠군. 곧 있으면 많은 눈이 내리겠지. 그리고 지금 떠나면 내년 봄에 눈이 녹아야 내려오게 되겠군. 그런데 여비는 있나?"

"어떻게 마련하게 되겠죠. 지금 내가 알 수 있는 건 더 미루지 말고 뭔가를 찾아 떠나야 한다는 거예요. 어제 당신과 얘길 나누면서 그런 생각이 들었어요. 이런 식으로 계속 절망하며 살아갈 순 없어요."

그러고 나서 그녀는 떠났다. 나는 내게 남아 있던 여비를 절반으로 나눠 그녀에게 건넸다. 그녀는 마다했지만, 나는 우리 모두가 똑같은 처지이기 때문에 여비는 나눠 써야 한다고 그녀를 설득했다.

릴루와 헤어진 뒤 나도 짐을 꾸렸다. 더 이상 비싼 호텔에 묵고 있을 수가 없었다. 뭄바이까지 비행기를 타고 가려던 애초의 계획도 취소했다. 여비가 절반으로 줄었기 때문에 돈을 아껴야만 했다. 나는 곧바로 델리 역으로 가서 히말라야 발치에 있는 도시 바레일리로 향하는 삼등석 기차에 몸을 실었다. 장기간의 여행으로 지쳤던 몸과 마음에 갑자기 기운이 생겨났다.

그 기운은 바로 릴루가 내게 준 선물이었음을, 흔들리는 기차에 앉아 멀리 인도 대륙을 바라보면서 나는 깨달았다. 그토록 젊은 나이에 생의 고통을 체험한 뒤, 홀연히 내면의 목소리에 따라 여행을 떠나기로 한 그 용기가 내게도 힘을 준 것이다. 그 생명력이 어느새 내 안에도 옮겨 와 있었다.

그 생명력 말고도, 릴루는 헤어지면서 내게 자신이 두르고 있던 그 초록색 스카프를 선물했다. 그로부터 여러 해가 흘렀지만 난 아직도 그 스카프를 갖고 있다. 가끔 그걸 꺼내 스카프에 매달린 작고 둥근 장식용 거울들을 들여다본다. 그러면 또다시 인도에 가고 싶다.

릴루는 잘 있을까? 그녀는 정말로 강고트리의 그 성자를 만나러 떠났을까? 그리고 마침내 그녀가 진정으로 원하는 것을 자기 안에서 찾아냈을까?

구두가 없어도 인도에 갈 수 있다

대학 3학년 때 나는 문리대학 안에 〈나다〉라는 이름의 연극부를 만들었다. '나다'는 스페인어로 '무'라는 뜻이다. 연극부에서 나는 주로 연출을 맡았고, 무대에 올린 작품은 이오네스코의 〈대머리 여가수〉나 사무엘 베케트의 〈고도를 기다리며〉처럼 부조리극들이었다.

한번은 연극 공연 중에 어떤 남학생이 무대 뒤로 나를 찾아왔다. 그는 히피처럼 장발을 하고 찢어진 청바지를 입고 있었는데, 대뜸 나더러 학교를 때려치우고 인도에 가지 않겠느냐고 묻는 것이었다.

우리는 소극장이 있는 학생회관 2층 베란다에서 잠시 얘길 나눴다.

"인도엔 왜? 성지 순례라도 떠나고 싶은 거야?"

내가 묻자 초면의 남학생은 간단히 대답했다.

"그냥 사라지는 거야. 인도의 뒷골목으로 사라지러 가는 것이지."

그때 왠지 그 '인도의 뒷골목'이란 말이 내 귀에 크게 울렸다. 그 친구와 헤어져 나는 곧 무대 뒤의 연출석으로 돌아갔고, 학교를 계속 다녀 대학을 졸업했으며, 몇 군데 직장을 다니기도 했다. 도중에 〈나다〉라는 제목의 카페를 만들어 클래식과 인도 음악 같은 것에 파묻혀 지낸 적도 있었다. 하지만 그 깡마르고 앞니가 벌어진 친구는 정말로 인도의 뒷골목으로 사라져 버린 것인지 다신 연락이 없었다.

나 또한 슬슬 인도로 가야겠다고 생각하기 시작했다. 되는 것이 아무것도 없었다. 나는 그렇지 않은데 세상이 자꾸만 나를 비현실적인 인간으로 만들어 간다는 생각이 들었다. 그럴 때마다 나는 올해엔 반드시 인도로 사라지는 거야, 뒷골목으로 말야, 하고 중얼거리곤 했다.

그러나 나는 떠나지 않았다. 자꾸만 미루었다. 이 지구의 동식물들 중에서 '미루는 것'을 발명한 것은 인간뿐이다. 어떤 나무도, 동물도 미루지 않는다. 단지 인간만이 미룬다.

그러던 어느 날 나는 한 편의 충격적인 영화를 보게 되었다. 영화의 줄거리는 간단했다. 폴란드의 한 유대인 마을에 신앙심 강한 사람들이 살고 있었다. 그들은 열심히 일했고, 자식을 키웠으며, 가축들을 돌봤다. 그런데 그들 각자에게는 한 가지 공통된 소망이 있었다. 그것은 죽기 전에 성지 순례를 한 번 다녀오는 것이었다.

그들은 모여 앉으면 입버릇처럼 말했다.

"올해는 꼭 성지 순례를 다녀와야지. 더 나이 먹기 전에 다녀와야겠어."

그러면서 그들 각자는 또 이렇게 말했다.

"이번에 우리 집 소가 새끼를 낳으면 꼭 가야지. 소가 배가 잔뜩 불러 갖고 있으니 떠날 수가 있어야지."

"난 신고 갈 구두가 없단 말야. 구두만 사면 더 이상 미루지 않고 꼭 가겠어."

또 다른 사람은 말했다.

"난 성지 순례를 가면서 그냥 갈 순 없어. 멋진 노래를 부르면서 가야지. 그런데 내 기타가 줄이 끊어졌단 말야. 기타 줄만 갈면 떠나야지."

그렇게 이유를 대면서 마을 사람들은 아무도 성지 순례를 떠나지 않았다. 그리고 얼마 후 독일군이 마을에 쳐들어왔다. 마을의 유대인들은 모두 집단 수용소로 끌려가야만 했다. 영화의 마지막 장면에서, 마을 사람들은 발가벗기운 채 가스실로 향하며 이런 대화를 나누었다.

"우리 집 소가 계속 새끼를 낳았는데도 난 성지 순례를 떠나지 않았어. 그때 충분히 갈 수 있었는데 가지 않았어."

"난 구두가 없다는 핑계로 가지 않았지. 고무신을 신고서도 갈 수 있었는데 말야."

음악가는 말했다.

"난 기타 핑계를 댔지. 기타 줄이 없으면 성지 순례가 불가능한 것처럼 말했어. 그냥 노래만 부르면서 갈 수도 있었거든."

그들은 다들 입을 모아 말했다.

"그때 갔어야 하는 건데! 이미 때는 늦었어!"

그들의 말처럼 이미 때는 늦었다. 그들은 고개를 숙인 채 가스실 문으로 끌려 들어갔다. 그러고는 영화가 끝이 났다. 관객들이 다 나간 뒤에도 나는 한참을 혼자서 앉아 있었다.

영화관을 나온 뒤 나는 곧바로 집으로 전화를 걸었고, 일주일 뒤 밤 12시에 인도 뭄바이 공항에 내렸다.

새벽 두 시에 잃어버린 것

그게 뭘까. 자다 말고 눈이 떠졌다. 새벽 2시였다.

자이살메르.

인도 북서부 타르 사막에 있는 작은 도시. 호텔 스와스티카에
서 나는 문득 잠이 깨었다. 뭔가 잃어버린 것 같았다. 그런데 그
게 뭔지 알 수가 없었다.

잠시 나무 침대에 누워 골똘히 생각하다가 나는 벌떡 일어나

배낭을 열고 소지품을 점검했다. 여권, 비행기표, 돈, 스프링 달린 수첩, 5루피 주고 산 사두의 목걸이……. 잃어버린 것은 없었다.

나는 다시 침대에 누웠다.

전날 오후에 나는 라자스탄 주의 두 번째로 큰 도시 조드푸르를 떠났다. 그리고 기차를 타고 아홉 시간 만에 인도 북서부의 끄트머리 자이살메르에 도착했다. 12세기의 성과 사암으로 지어진 옛 저택들이 있는 곳. 주위는 온통 황야이고, 먼 사막에는 낙타들이 지나다녔다.

나는 다시 눈을 감았으나 잠이 오지 않았다. 여전히 뭔가 잃어버렸다는 생각을 떨칠 수 없었다. 사람은 이따금 어떤 상실감에 시달리기 마련일까? 영혼의 상실감은 흔히 이국땅에서 새벽 2시경에 여행자를 방문한다고 하지 않는가.

'똑똑.'

'누구세요?'

'난 당신의 영혼입니다.'

'웬일이세요?'

'당신은 뭔가 잃어버렸군요.'

'내가요? 뭘 말인가요?'

'글쎄요. 혹시 영혼을 잃지나 않으셨나요?'

자이살메르에 도착하자마자 나는 성벽에 올라가 낡은 집들 너머 황금빛 사막을 바라보았다. 내 옆에는 한 늙은 인도인이 서서 사막인지 무엇인지를 응시하고 있었다. 그는 사람들이 내려간 다음에도 한참 동안 그 자리를 떠나지 않았다. 마치 인생에서 무엇을 잃어버린 사람처럼.

그런데 나는 무엇을 잃어버린 걸까?

아, 시계야! 시계를 잃어버렸어!

마침내 알아냈다. 세 번째로 산 시계인데, 그걸 잃어버리다니! 어찌된 일인지 인도제 시계는 손목에 차고서 5백 미터 정도만 걸어가도 툭! 하고 고장이 나 버렸다. 큰바늘과 작은바늘이 톱니에서 떨어져 버리곤 했다. 세 번째 산 시계는 그런대로 쓸 만했었다.

나는 아쉬운 마음에 벌떡 일어나 머리맡을 살폈다. 아, 그런데 시계는 베개 밑에 들어가 있었다. 새벽 2시를 가리키며.

그러니까 잃어버린 것은 시계가 아니었다.

그럼 뭘까.

마치 하나의 화두처럼 그 생각이 뇌리에서 떠나지 않았다. 아침에 다른 외국인 여행자들과 함께 사막으로 낙타 사파리를 떠나기로 예약했기 때문에 잠을 푹 자 둬야만 했다. 그런데 느닷없는 상실감이 잠 못 이루게 하는 것이었다.

어제 오후 느지막이 나는 자이살메르 북쪽 사막에 있는 작은 오아시스까지 걸어갔었다. 그곳은 왕들의 무덤이 있는 바다바그였다. 원색의 사리를 입은 여인들이 거기서 생산된 과일과 채소들을 머리에 이고 사막을 지나 시내로 운반하고 있었다.

바다바그에 앉아 나는 황혼을 구경했다. 언제나 느끼는 것이지만, 인도의 황혼은 아름답다. 타고르는 '나는 황혼 녘에 지상의 모든 것을 버려두고 당신의 품 안으로 돌아갑니다' 하고 노래했다.

황혼이 어둠으로 변하고 별 하나가 떠올랐을 때 나는 걸음을 서둘러 호텔 스와스티카로 돌아왔었다.

아, 그렇다.

드디어 내가 잃어버린 게 무엇인지 알았다. 그것은 다름 아닌 '별'이었다.

인도에 오기 전, 나는 사막의 별들을 구경하고 싶었다. 고요한 사막 위에서 반짝이는 별들을 보며 누워 있고 싶었다. 그런데 그만 이틀 동안이나 호텔 방에서 시간을 보내고 있었던 것이다.

나는 침대를 내려와 서둘러 옷을 입었다. 낙타 사파리에는 사막에서 자는 사흘 밤이 포함되어 있으니까 별들은 그때 실컷 구경할 수도 있으리라. 그러나 동행자가 없는 고독한 사막에서 나 혼자 별들과 마주하고 싶었다.

나는 담요를 둘둘 말아들고 호텔을 빠져나왔다. 거리는 적막해서 그림자만 나를 따라왔다. 이렇게 밤중에 걸어 본 것도 오랜만이었다. 성문을 통과하면 버스 정류장이었다.

그때 어디서 나타났는지 개 한 마리가 뒤를 따라오기 시작했다. 배가 고픈 모양이었지만, 미안하게도 나는 줄 게 없었다. 아무것도 없다는 시늉을 해 보여도 개는 포기하지 않았다. 주머니를 뒤집어 보였지만 소용이 없었다. 머리가 나쁜 개였다.

나는 모른 척하고 걸어갔다.

달빛에 그림자를 떨구고 나도 걷고, 개도 걸었다. 한참을 걷다가 뒤돌아보면 개는 걸음을 멈추고 달빛 아래 우두커니 서 있었다. 그러다가 내가 다시 걸음을 옮기면 따라서 걸었다.

이윽고 바다바그에 도착했다. 개는 지쳤는지 내 옆에 와서 풀썩 쓰러졌다. 바다바그에 이르러 시계를 보았더니 여전히 새벽 2시를 가리키고 있었다. 걸어오는 사이에 또 큰바늘과 작은바늘이 빠져 버린 것이다.

나는 담요를 깔고 바닥에 누웠다. 그 순간, 마치 누가 영사기를 틀고 있는 것처럼 수많은 별들이 반짝이기 시작했다. 어떤 별은 감자만 했고, 어떤 별은 다른 별들과 무리를 이뤄 큰 그림을 만들고 있었다. 별들 하나하나가 내 귓가에 속삭이며 어떤 전설을 들려주는 듯했다.

개는 아예 내 옆에 와서 벌렁 누웠다. 배가 고팠던 것이 아니라 외로웠던 모양이다. 친구가 필요한 개였다. 인간이든 동물이든 서로를 가깝게 해 주는 것은 고독감인지도 모른다. 손을 뻗어 목을 쓰다듬자 개는 편안히 내게 몸을 맡겼다.

그날, 새벽의 질투 어린 여신이 미명을 몰고 와 별들을 몰아갈 때까지 나는 바다바그의 오아시스에 누워 별들을 구경하고 또 구경했다. 내 생에서 가장 오랫동안 별들을 바라본 시간이었다. 별들은 마치 생의 비밀을 간직한 암호들 같아서, 그 암호의 세계로 들어서기만 하면 무엇인가가 내 영혼을 가득 채울 것만 같았다. 그 세계에선 누구도 고독하지 않고, 누구도 상실감으로 고통받지 않으리라.

새벽 2시에 느꼈던 영혼의 상실감은 사막 위에 뜬 별들로 인해 어느덧 치유되었다. 세상 전체가 나의 집이었다. 별들은 인간이 만든 성벽과 궁전과 온갖 장신구들보다 영원하고 아름다웠다. 늙은 개는 나와 함께 별을 응시하다가 내 옆에서 코까지 골며 잠이 들었다.

개와 함께한 여행

늙은 개가 나를 따라왔다. 아마도 낙타상들을 따라다니다가 주인을 잃은 집 없는 개인 모양이었다.

그날 나는 자이살메르에서 서쪽으로 40킬로미터 떨어진 샘 사구까지 도보 여행을 출발했다. 사하라 사막 같은 모래언덕을 구경하기 위해 여행자들은 샘 사구까지 지프차를 빌려 타고 가곤 했다. 하지만 나는 중간까지 도보로 갈 생각으로 아침 일찍 숙소를 나섰다.

버스 정류장 앞에서부터 개는 나를 따라왔다. 우리는 앞서거니 뒤서거니 하며 황야를 걸었다. 풀 한 포기 없는 맨땅, 하늘에는 붓으로 그린 것처럼 구름이 한 가닥 걸려 있었다. 태양이 뜨거웠다. 나는 도중에 물과 비스킷을 사서 배낭에 넣었다. 가게 주인에게 돈을 치를 때까지 개는 멀찌감치 서서 딴전을 피웠다. 분명히 나를 따라오고 있으면서도 그렇지 않은 척하는 영리한 놈이었다.

자이살메르 시내를 완전히 벗어났을 때 우리는 한 떼의 염소들을 만났다. 백 마리가 넘는 염소 떼가 황야 쪽으로 이동하고 있었다. 내가 염소 떼를 앞지르기 위해 빙 둘러 돌아가자 개도 열심히 따라왔다. 이 더위에 사막을 걷는 것이 늙은 개에겐 무리였다. 돌아가라고 손짓을 했지만 개는 들으려고 하지 않았다. 마치 전생에 내가 자기의 친구였기나 한 듯이 멀찌감치서 계속 쫓아왔다.

그때 뿌연 흙먼지를 날리며 지프차 한 대가 뒤쪽에서 달려왔다. 샘 사구로 떠나는 여행자들이었다. 작은 지프차에 여덟 명이나 되는 서양인들이 착한 학생처럼 앉아 있었다. 다들 약속이나 한 듯이 선글라스를 끼고 있었다.

지프차는 휑하니 황야 저편으로 달려갔다. 나는 그쪽을 방향 삼아 걸음을 재촉했다. 한 시간도 걷지 않아 목이 말랐다. 나는 물병 마개를 따고 물을 마셨다. 어떻게 하는가 보려고 물병을 도로 집어넣자 개는 자기도 목말라 죽겠다는 듯 혀를 길게 내밀고 헉헉거렸다. 손바닥에 물을 따라 주었더니 개는 꼬리를 흔들며 받아먹었다.

그런 다음에도 개는 적당한 거리를 유지하며 계속해서 나를 따라왔다. 그러나 더위와 허기 때문에 나보다도 개가 먼저 지쳐 버렸다.

이윽고 초막으로 지붕을 엮은 작은 마을이 나타났다. 사리를 머리에 뒤집어쓴 여자아이들이 맨발로 뛰어다녔다. 어른들은 보이지 않았다. 아이들은 나를 보자 "포토! 포토!" 하고 소리쳤다. 카메라를 갖고 있지 않다고 하니 아이들은 실망한 표정을 지었다. 개는 먼 발치서 아이들을 쳐다보다가 내가 떠나는 걸 보고서야 황급히 달려왔다.

나는 계속해서 앞으로 걸어갔다. 아무것도 없는 황야를 걷는 것이 좋았다. 바람도 없고, 나무도 없고, 사람들도 없었다. 오직 나와 개와 작열하는 태양뿐이었다.

개는 지쳤는지 나와의 거리가 점점 멀어졌다. 나중에는 백 미터 정도 간격이 벌어졌다. 나는 걸음을 멈추고 개가 가까이 올 때까지 기다려야만 했다.

우리는 다시 물과 비스킷을 나눠 먹었다. 그리고 나는 배낭에서 선글라스를 꺼냈다. 인도에 와서 산 것인데, 얼마 가지 않아 테가 부러져 버렸다. 그래서 검정 테이프로 붙들어 매야 했다.

선글라스를 쓰니 눈이 덜 부셨다. 그 사이에 또다시 지프차 한 대가 휑하니 지나갔다. 아까보다 더 많은 여행자가 타고 있었다. 지프차를 향해 손을 흔들다가 그만 선글라스가 바닥에 떨어지고 말았다. 열기 때문에 테이프가 녹아 버렸는지 안경테가 다시 벌어지고 렌즈가 빠진 것이다. 더 이상 쓸모가 없었다.

나는 부서진 선글라스를 황야에 버려둔 채 걸음을 재촉했다.

개도 잠깐의 휴식에 기운을 얻어 열심히 따라왔다.

이대로 아무리 걸어가도 아무것도 나올 것 같지 않았다. 이따금 작은 마을이 나타났지만 그것들 또한 이 세상에 존재하지 않는 것이나 마찬가지였다.

그때 언덕 하나가 내 앞에 나타났다. 처음엔 그것이 눈썹에 얹힌 흙먼지가 아닌가 생각했는데, 자세히 보니 언덕이었다. 부지런히 걸음을 옮기면 그 언덕에 올라설 수 있을 것 같았다.

개는 언덕이 보이지도 않는지 헉헉대며 뒤로 처졌다. 나는 기다렸다가 한쪽 팔에 개를 안아 들고 걸어갔다. 개는 생각보다 가벼웠다.

가벼운 존재.

나는 한참을 걷다가 개를 도로 내려놓았다. 가벼운 것도 오래 들고 있으니 무거웠다. 마치 인생이 그런 것처럼.

언덕에 이르러 우리는 한참 동안 꼭대기에 앉아 있었다. 그 언덕이 나는 마음에 들었다. 멀리까지 황야를 바라볼 수도 있고, 자세히 보면 빛인지 먼지인지 풀씨인지 어떤 미세한 것들이 바람에 떠다녔다. 개는 두 다리로 팔베개를 하고 엎드려 언덕 아래를 내려다보았다.

얼마 후 우리는 다시 출발했다. 벌써 해가 중천을 지나 있었다. 우리의 그림자가 등 뒤로 이동했다. 개를 데려온 것이 후회스러웠다. 개는 더 이상 걷는 것이 고통스러운지 비틀거리며 쓰러지기까지 했다. 샘 사구까진 아직 절반이나 남아 있었다.

그로부터 우리는 더 이상 걸을 수가 없었다. 나도 지쳤고 개도 지쳤다. 우리는 물과 비스킷을 몽땅 먹어 치우면서 반 시간 정도 황야에서 기다린 끝에 마침내 뒤에서 달려오는 또 다른 지프차를 만났다.

두 손을 마구 흔들자 차가 멈춰 섰다. 개가 먼저 올라타고 내가 뒤따라 승차했다. 다행히 이번 지프차에는 사람이 많지 않았다. 네덜란드에서 왔다는 청년이 나더러 개를 데리고 인도 여행을 하는 중이냐고 물었다. 그렇다고 대답하자, 그는 그런 여행은 꿈에도 생각하지 못했다며 부러워했다.

빨간 테의 선글라스를 낀 호주 여자는 개가 무척 더러워 보이는지 경계하는 눈빛이 역력했다. 그럴 수밖에 없는 것이, 개가 그녀의 무르팍에 턱을 올려놓고 자꾸만 침을 흘렸기 때문이다.

차는 흙먼지를 날리며 신나게 달렸다. 마침내 샘 사구에 도착했다. 샘 사구에서 보는 모래언덕은 무척 인상적이었다. 멀리 낙타 여행자들이 지나가는 모습도 보였다. 나는 개와 함께 나란히 서서 한참 동안 황혼 녘의 모래언덕을 구경했다.

그날 밤 나는 개와 함께 침낭 속에서 잠을 잤다. 사막이라서 일교차가 심했던 것이다. 침낭 속이 비좁긴 했지만 낮의 피곤한 여행 덕분에 한 번도 깨지 않았다. 사막의 별들 아래서 개와 함께 슬리핑백 속에서 잠을 잔 것은 그때가 처음이자 마지막이었다.

아침에 일어나니 개는 어디론가 떠나고 없었다. 샘 사구는 작은 곳이라서 그곳에 있다면 쉽게 눈에 띌 텐데 아무리 둘러봐도 찾을 수가 없었다. 근처에서 다른 개를 만났는지, 아니면 사막으로 뼈를 묻으러 간 것인지도 모를 일이었다. 인사도 없이 가 버린 것이다.

그날부터 나는 그 늙은 개가 그립기도 했지만 무엇보다 겨드랑이와 사타구니가 가려워 견딜 수가 없었다. 개한테서 이가 옮은 것이다. 사막에서 머무는 동안 내내 나는 다른 여행자들이 지켜보는 중에도 온몸을 벅벅 긁고 다녀야 했다.

화장지와 기차와 행복

　나는 뭄바이 거리에 서 있었다. 시월이었지만 날은 여전히 무더
웠다. 나는 공중 수도에서 얼굴을 닦기 위해 멈춰 섰다. 인도는 더
운 나라라서 도심의 거리에 공중 수도가 흔히 눈에 띈다. 나는 배
낭을 옆에다 내려놓고 수도꼭지를 틀려고 몸을 숙였다.

　그때였다. 한 남자가 내 쪽으로 걸어오더니 아무 말도 없이 내
배낭 속을 기웃거리는 것이었다. 내가 의심스럽게 쳐다보는데도
그는 배낭 위쪽에 놓인 두루마리 화장지를 꺼내더니 한 손에다
마구 휘감아 가져가는 것이었다. 화장지의 주인인 내 존재 따위
는 아랑곳하지 않는 행동이었다.

갑자기 당한 일이라서 어이가 없었다. 인도는 화장지가 귀한 나라이고 화장실에서도 물로 뒷처리를 하는 관습 때문에 많은 부피를 차지함에도 불구하고 두툼한 두루마리 화장지를 가방에 넣어 가지고 다녔던 것이다. 처음에 나는 그를 정신이상자쯤으로 여겼으나 그런 것 같지도 않았다. 나는 화가 나서 그를 불러 세웠다. 그리고 그 화장지는 내 물건인데 왜 함부로 가져가느냐고 따져 물었다.

그러자 인도인 남자는 걸음을 멈추고 뒤돌아서서 나를 빤히 쳐다보더니 뻔뻔스럽게도 이렇게 둘러대는 것이었다.

"이게 왜 네 거냐? 네가 잠시 갖고 있는 것이지."

아열대의 뜨거운 태양 때문이었을까. 그 말을 듣는 순간 나는 약간 현기증이 났다. 갑자기 머릿속이 텅 비어 버리고 그 속으로 바람이 불어 들어왔다. 그동안 나는 그런 비슷한 말을 명상서적에서 많이 읽었었다. 이 화장지는 네 것이 아니다. 네가 갖고 있다고 해도 그것은 네 것이 될 수 없다. 네 것이란 이 세상에 존재하지 않는다.

그런데 약간은 정신이 이상한 인도인 남자가 내 앞에서 그런 말을 하자 왠지 현기증이 일었다. 나는 물이 쏟아져 나오는 공중수도 옆에 멍하니 서 있기만 했다. 남자는 내 화장지를 손에 감은 채 멀리 가 버렸다. 나는 화가 나기도 해서 혼자서 중얼거렸다.

"그래, 다 가져가라. 내 것이 아니고 내가 잠시 갖고 있는 것에 불과하니까 다 가져가라고."

그렇게 말하면서도 나는 화장지 뭉치를 또 다른 미치광이에게 빼앗기기 전에 얼른 배낭 안에 감추었다. 어쨌든 화장지가 내 배낭 안에 있는 한 그것은 '내 거'였다.

며칠 뒤 나는 뭄바이에서 아그라로 가는 이등칸 기차 안에 있었다. 40시간 정도 걸리는 긴 여정이었기에 기차표 파는 여자에게 좋은 볼펜을 선물하면서까지 어렵사리 좌석표를 구했다. 좌석은 세 명이 앉도록 되어 있었다.

나는 창가에 자리를 잡았다. 두 좌석이 마주 보고 있어서 앞쪽 의자에도 세 사람이 앉고 내 자리에도 나를 포함한 세 사람이 앉았다. 나 말고는 모두 인도인이었다. 터번을 두른, 독수리 같은 인상의 시크교인도 있었다. 그는 부리부리한 눈으로 줄곧 내게서 시선을 떼지 않았다. 기차는 한밤의 누추한 정거장을 느릿느릿 빠져나갔다.

조금 가서 어떤 남자가 우리 좌석으로 다가오더니 엉덩이를 들이밀고 끼여 앉았다. 미안하다는 말도 없이 당연히 자기 자리인 것처럼 좌석 한쪽을 차지하는 것이었다. 그렇게 해서 우리 자리엔 네 명이 앉게 되었고 당연히 내 자리는 비좁아졌다.

두세 정거장을 지나가자 또 다른 남자가 다가와 우리 좌석에 끼여 앉았다. 그 역시 아무런 양해의 말도 없었다. 세 명이 앉게 되어 있는 좌석에 다섯 명이 앉았고, 내 자리는 형편없이 좁아졌다. 기차가 뭄바이를 떠난 지 두 시간밖에 안 지났으니 아직 38시간의 긴 여정이 남아 있었다. 이제는 자리가 좁아져서 좌석 등받이에 등을 기댈 수조차 없었다. 나는 잔뜩 구부린 자세로 차창에 얼굴을 부벼 대야만 했다. 그러다가 얼핏 잠이 들었다.

잠결에 피곤을 느낀 나는 습관적으로 좌석 등받이에 등을 기대려 했던 것 같다. 그런데 어떤 것이 걸리적거려서 눈이 떠졌다. 놀라서 뒤돌아보니 좌석 등받이와 내 등 사이의 좁은 공간에 또 다른 남자가 와서 턱하니 걸터앉아 있었다. 이것은 정말 상식밖의 행동이었다.

나는 더 이상 참을 수가 없었다. 그런 불편한 자세로 35시간을 더 여행하느니 차라리 기차에서 뛰어내리는 편이 나았다. 화가 난 나는 벌떡 일어나 바지 주머니에서 기차표를 꺼냈다. 그러고는 좌석표도 없이 무례하게 끼여 앉은 인도인들에게 일일이 보여 주며 소리쳤다.

"이 자리는 내 자립니다. 이 표를 보세요. 여긴 내 자리예요. 그러니 당신들은 다른 데로 가세요. 여긴 내 자리이니까 내가 앉을 겁니다."

그러자 그중의 한 남자가, 외모로 보아 쉰 살 정도 돼 보이는 평범한 남자가 나를 올려다보며 점잖은 영어로 말했다. 그의 말을 대충 요약하면 이런 것이었다.

"넌 도대체 무슨 근거로 이 자리를 너의 자리라고 주장하는가? 이 자리는 네가 잠시 앉았다가 떠날 자리가 아닌가? 넌 영원히 이 자리에 앉아 있을 것인가?"

또다시 훅 하고 뜨거운 바람 같은 것이, 현기증 같은 것이 내 머릿속으로 불어 들어왔다. 나는 아무 대꾸도 할 수 없었다. 도대체 기차표 한 장을 사 가지고 지정된 좌석에 앉아서 가는 것조차 이렇게 힘들단 말인가. 그러나 한편으로 생각해 보면 이 남자의 말이 대단히 옳지 않은가. 잠시 앉았다가 떠나갈 자리를 놓고 나는 왜 어리석게 내 자리라고 소리 높여 주장한단 말인가.

세 번째로 내가 머릿속 뜨거운 바람을 체험한 것은 올드델리의 거리에서 물건을 살 때였다. 히말라야 산중 마을들은 한 해의 절반 정도가 폭설로 길이 차단되기 때문에, 그 기간 동안 주민들은 주로 은공예나 사수 등의 수공예품을 만든다.

나는 올드델리의 거리에서 그 수공예품들을 발견하고 반가운 마음에 몇 개를 사고자 했다. 내가 다가가서 물건값을 묻자 인도인 청년은 우선 내 얼굴부터 살폈다. 내가 초보 여행자인가 아닌가 살피는 눈치였다. 그러더니 그는 '천 루피'라는 터무니없는 값을 불렀다. 우리 돈으로 3만 원에 해당하는 실로 거금이었다. 아마도 나를 돈 많은 일본인으로 착각한 모양이었다.

그러나 나는 초보 여행자가 아니었다. 나는 인도인 청년을 째려보며 "100루피!" 하고 값을 내렸다. 그러자 그는 얼른 "150루피!" 하고 소리치는 것이었다. 방금 전 천 루피라고 했다가 금방 150루피로 값을 내리면서도 표정 하나 달라지지 않았다. 그러면 그렇지, 하고 나는 이번에는 더 값을 내려 70루피를 불렀다. 청년은 고개를 저으며 110루피를 외쳤다. 남는 게 없어 그 이하로는 도저히 깎아 줄 수 없다는 것이었다.

나 역시 물러서지 않았다. 그렇게 흥정을 계속한 결과 마침내 나는 그 물건들을 모두 합해 70루피에 살 수 있었다. 나는 나 자신의 영리함에 스스로 뿌듯했다. 천 루피를 부른 것을 70루피에 사다니! 이것은 후일의 여행담에 기록할 만한 사건이었다.

물건값으로 70루피를 받은 주인 청년은 종이에 물건을 싸서 내게 내밀었다. 그것을 받아 든 나는 기분이 좋아져서 돌아섰다.

그때였다. 내 등 뒤에 대고 그 청년이 이렇게 묻는 것이었다.

"아 유 해피?"

'너 행복한가?' 그런 뜻이었다. '물건을 그렇게 싸게 사서 넌 행복한가? 행복하다면 얼마나 행복한가? 그리고 그 행복은 얼마나 오래갈 행복인가?' 그런 뜻이었다.

순간 나는 현기증이 일어 걸음을 옮길 수가 없었다. 다시금 뜨거운 바람 같은 것이 내 머릿속을 채웠다. 나는 돌아서서 인도인 청년에게 왜 그런 식으로 묻느냐고 반문했다.

그가 말했다.

"당신이 행복하다면 나도 행복하다. 하지만 당신이 행복하지 않다면 그것은 어디까지나 당신 자신의 문제이다."

청년은 말을 마치고 나를 똑바로 쳐다보았다. 나는 그 시선 앞에서 감히 나 자신이 행복하다고 자신 있게 말할 수 없었다. 영리함을 한껏 발휘해 물건을 이토록 싸게 샀으니 참으로 행복하다, 그렇게 말할 수가 없었다.

그 후로 많은 여행을 하고 많은 가르침을 접했지만 나는 인도에서의 이 세 가지 일을 잊을 수 없다. 그때 머릿속으로 혹 하고 불어 들어온 뜨거운 바람 때문에 한동안 내가 나 같지 않았고, 내 삶이 내 삶 같지 않았다. 어느 곳을 갈 때나, 어떤 것을 수중에 넣었을 때나, 그 말들이 내 귓전에서 메아리쳤다.

타고르 하우스 가는 길

　타고르 하우스에 가려고 마음을 먹고 사다르 스트리트의 구세군 회관 게스트하우스를 나선 것은 오전 10시경이었다. 타고르 하우스는 동인도 콜카타가 낳은 위대한 시인 라빈드라나드 타고르의 생가이자 힌두 무용과 문학, 음악 등의 행사가 열리는 문화센터이다. 그런데 지도를 호텔 방에 놓고 나오는 바람에 길에서 사람들에게 위치를 물어야만 했다.

　거리는 벌써부터 행인들로 가득했다. 수레를 고정시키고 1루피짜리 짜이를 파는 사람, 재봉틀로 옷을 박는 사람, 코코넛 열매를 가득 싣고 이제 막 장사를 시작하는 남자……. 그는 많이 팔게 해 달라고 코끼리 얼굴을 한 가네쉬 신에게 연신 향을 피워 올리며 코코넛 무더기에 대고 절을 하고 있었다. 그 옆을 맨발로 달려가는 인력거꾼과 길게 하품하는 눈곱 낀 여자 걸인.

나는 어떤 큰 호텔 근처에서 길가에 하릴없이 서 있는 중년 남자에게 타고르 하우스로 가는 방향을 물었다. 그러자 그는 대뜸 내게 어디서 오는 길이냐고 물었다. 나는 뒤를 돌아보며 대충 구세군 회관 호텔 쪽을 가리켰다. 그러나 그는 그런 뜻이 아니라며 고개를 저었다. 내 국적을 묻는 것이었다.

나는 한국에서 왔다고 말하고 다시금 타고르 하우스로 가는 길을 물었다.

남자는 "아, 타고르 하우스!" 하고 고개를 끄덕이더니, 이번에는 대뜸 내 나이를 물었다. 나는 할 수 없이 그에게 나이를 말했다. 그러고는 또다시 타고르 하우스의 위치를 물으려는 찰나, 그는 틈을 주지 않고 나의 직업과 월수입을 물었다.

오전이지만 벌써부터 태양이 뜨거웠다. 나는 약간 초조한 마음이 들었다. 검은 테 코안경을 쓴 그 인도인 남자는 마치 나에 대해 모든 사항을 알아야만 타고르 하우스로 가는 방향을 가르쳐주겠다는 군건한 태도였다. 그는 연거푸 "아, 타고르 하우스 말이오?" 하고 고개를 끄덕이면서도 또다시 터무니없는 질문을 던지는 것이었다.

지금 신고 있는 신발은 얼마짜리인가? 손목의 인도 팔찌는 어디서 샀는가? 그 파란색 바지는 한국의 전통 의상인가? 바라나시에도 가 보았는가? 혹시 호텔이나 민박이 필요하진 않은가?

마치 그런 것들을 묻기 위해 그는 오랜 세월 콜카타에서 나를 기다려 온 사람 같았다. 마침내 그 남자가 정말로 타고르 하우스의 위치를 가르쳐 주려고 마음먹은 듯했을 때, 뜻밖의 방해꾼이 나타났다.

이 방해꾼은 약간 나이를 더 먹은 힌두 노인이었는데, 입안 가득 물었던 붉은색 빤을 탁! 하고 땅바닥에 내뱉으며 우리들 사이에 끼어들었다.

그는 대뜸 무슨 일이냐고 우리에게 물었다. 위압적인 말투는 자신이 단순히 할 일이 없어서 묻는 게 아니라는 식이었다. 코안경을 쓴 남자가 내가 지금 타고르 하우스를 찾고 있다고 설명했다. 그리고 자기는 오랫동안 바라나시에서 살다가 왔기 때문에 타고르 하우스가 어디 있는지 잘 모르겠다고 그제서야 실토하는 것이었다.

나는 기가 막혀서 그 남자를 노려보았지만, 그는 뭐 어떠냐는 식으로 태연한 표정이었다. 나는 이번에는 힌두 노인에게 타고르 하우스의 위치를 물었다.

"따고르 하우스?"

힌두 노인은 매서운 눈초리로 나를 쳐다보았다. 그러더니 대뜸 나더러 어디서 오는 길이냐고 물었다. 나는 구세군 회관 쪽을 가리켰다. 그러자 그는 엄숙하게 고개를 저었다. 나의 국적이 어디냐는 것이었다.

나는 어쩔 수 없이 또다시 길고 긴 일련의 질문에 대답해야만 했다. 타고르 하우스는 아득히 멀어 보였다. 타고르는 일생을 타지에서 보낸 다음에 자기가 태어난 그 집으로 돌아와서 생을 마쳤다고 한다.

힌두 노인은 '따고르 하우스'를 정말로 아는지 모르는지 계속해서 엉뚱한 질문을 퍼부어 대고, 그 사이에 자전거를 끌고 가던 또 다른 노인이 "무슨 일이야?" 하고 끼어들었다. 힌두 노인이 또다시 붉은색 침을 땅바닥에 뱉으며 나 대신 설명하고 나섰다. 자전거의 남자는 대번에 "요런 궁금한 인간이 다 있나!" 하는 눈초리로 나를 쳐다보았다. 그러더니 대뜸 나보고 어디서 오느냐고 묻는 것이었다.

나는 머리가 돌아 버릴 것만 같았다. 내가 도대체 뭘 하고 있는 건지도 알 수 없었다. 그 참에 보따리를 들고 가던 터번 두른 시크교인도 참여했다. 맨발의 사내아이는 영어인지 힌두어인지 알아들을 수 없는 말로 "따고르, 따고르!" 하며 떠들었다.

그러는 사이에 정신을 차려 보니 어느덧 일곱 명이 넘는 인도인들이 내 주위에서 와글거리고 있었다. 지나가던 택시 운전사도 이때를 놓칠세라 차를 멈추고 대화에 끼어들었다. 어떤 사람은 타고르 하우스가 후글리 강 건너편에 있다고 주장했고, 손바닥을 탁탁 치며 반대편 방향을 가리키는 사람도 있었다. 시크교인은 나더러 도대체 무슨 이유로 타고르 하우스에는 가려고 이 난리냐고 따지고 들었다.

자전거를 타고 온 남자는 누가 자전거를 훔쳐 갈까 봐 핸들을 꽉 움켜잡은 채, 타고르 하우스라면 자기가 맨날 지나치기 때문에 잘 알고 있는데 무슨 주장들이 이렇게 많으냐고 언성을 높였다. 내가 맨 처음에 길을 물었던 검은 테 코걸이 안경 쓴 남자도 여전히 질세라, 자기는 바라나시에서 오래 살다가 와서 이곳 지리를 잘 모르긴 하지만 그래도 타고르 하우스는 북쪽에 있는 게 틀림없다며 한치도 물러서지 않았다.

이 광경을 줄곧 지켜보고 있던 근처 힌두 식당의 문지기도 더이상 자신을 억제하지 못하고 논쟁에 합류했다. 그는 자기라면 골치 아프게 타고르 하우스에 가지 않고 시장에 가서 유명한 다르질링 홍차를 사겠다고 말하면서, 내가 원한다면 자기 삼촌이 운영하는 괜찮은 가게를 소개해 주겠다고 나를 설득했다.

나는 뭐가 뭔지 알 수도 없고 머리가 어지러워서 그 자리를 떴다. 사람들은 이제 나 따위는 안중에도 없었다. 자기들끼리 열을 올리며 입씨름을 벌이느라 정작 주인공인 내가 떠나는 것조차 알지 못했다.

동인도 콜카타.

아직도 지구상에 동화의 나라처럼 존재하는 인도의 가장 가난한 도시.

지구상에 존재하는 모든 교통 수단이 모여 있는, 내가 사랑하는 도시.

공중에서는 햇빛에 섞여 모래와도 같은 것들이 반짝이며 내려오고 있었다. 사람들은 그것을 공해 가루라고도 했고, 멀리 벵골 만 쪽에서 날아온 황사 가루라고도 했다. 하지만 내게는 그것이 아득히 먼 히말라야의 눈가루처럼 보였다. 그것들은 가난하지만 순박한 인간들의 삶 위로 형형색색의 만다라를 그리며 내려오고 있었다.

그날 나는 오후가 지나서야 무사히 타고르 하우스에 도착했다. 더 많은 인도인들의 더 많은 질문에 답하고 나서야 제대로 길을 찾을 수 있었다. 타고르가 『기탄잘리』에 쓴 시의 주인공이 곧 나 자신이었다.

"내 여행의 시간은 길고 또 그 길은 멉니다. 나는 태양의 첫 햇 살을 수레로 타고 출발하여 수많은 별들에 자취를 남기며 세계 의 황야로 여행을 계속했습니다. 당신에게 가장 가까이 가는 것 이 가장 먼 길이며, 그 시련은 가장 단순한 곡조를 따라가는 가 장 복잡한 것입니다. 여행자는 자신의 문에 이르기 위해 모든 낯 선 문마다 두드려야 하고, 마지막 가장 깊은 성소에 다다르기 위 해 온갖 바깥 세계를 방황해야 합니다. 눈을 감고 '여기 당신이 계십니다' 하고 말하기까지 내 눈은 멀고도 광막하게 헤매었습니 다……."

기차는 떠나고

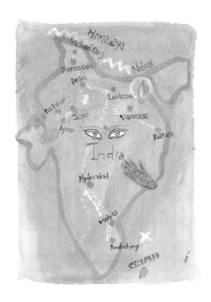

　한 사람이 멀리 기차 여행을 떠나는데, 그가 키우는 소와 염소와 닭까지 환송을 나와 기차역에서 마구 배설을 하며 돌아다니는 나라는 지구상에 인도밖에 없을 것이다. 게다가 여행 떠나는 사람은 이불과 매트리스, 냄비, 들통 따위의 세간살이를 전부 챙겨 들고 기차에 오른다. 흑백영화에나 나옴직한 양철로 된 큼지막한 트렁크도 필수품이다. 어디서 구했는지 그런 트렁크를 대여섯 개씩 머리에 이고 등장하는 사람도 있다.

그리고 크고 네모난 가방 두세 개, 무엇이 담겼는지 알 수 없는 자루 한두 개, 영국 식민지 시절의 바부(서기)들을 흉내 내는 서류 가방 한 개……. 인도에 처음 온 사람이 보면 모두가 빚을 떼어먹고 야반도주하는 사람들 같다.

그래서 이제 철도청에선 역마다 '한 사람에 가방 하나!'라는 캐치프레이즈를 내걸었다. 그러나 나머지 짐을 집에 두고 떠났다가는 도둑맞을 우려도 있고 해서 사람들은 여전히 소중한 매트리스를 둘둘 말아 어깨에 둘러멘다.

그도 그럴 것이, 왕복 70시간 이상 걸리는 콜카타나 뭄바이로 친척 결혼식에 참석하려고 떠나는 길이라면 가방 하나만 달랑 들고 떠날 순 없는 일이다. 자리를 잡지 못할 경우에 대비해 바닥에 깔고 잘 매트리스도 필요하고, 오며 가며 밥해 먹을 도구도 필요하다. 그러니 인도의 기차에는 의식주가 다 함께 올라탄다.

기차는 늘 연착하기 마련이어서, 기차역에서 기다리는 동안 사람들은 나무를 주워다 밥을 끓여 먹는다. 그 옆에선 개와 닭들이 즐겁게 껑충거리고, 무임승차를 할 것이 뻔한 노란 옷의 성자는 주위의 어떤 소란에도 아랑곳없이 좌선의 경지에 들어가 있다.

집 없는 천민들과 걸인들은 꾸역꾸역 역으로 몰려와 시원한 바닥에 쓰러져 잔다. 판잣집을 소유하고 사느니 차라리 손님 많고 널찍한 기차역을 거처로 삼는 것이 유리하다는 표정들이다. 그 사이에 어떤 여행자는 재빨리 빨래를 해 담장에 말린다. 그러고는 소가 빨래를 걷어 먹을까 봐 작대기를 들고 서 있다. 인도의 소들은 먹을 게 없으니 헝겊 조각이든 비닐봉지든 아무거나 먹어 치운다.

만약 그곳이 바라나시나 하리드와르라면 여기에 성지 순례자들까지 대거 합세해 대합실은 말 그대로 소음과 혼란의 아수라장이다. 고래고래 외쳐 대며 물건 파는 사람, 머리의 이를 잡는 사람, 쭈그리고 앉아 방뇨하는 사람, 맨땅에 누워 자는 사람, 터번 두른 남자와 사리 입은 여자, 회교식 복장을 한 노인…….

이윽고 기관차가 꽈앙 하고 위풍도 당당하게 홈으로 들어서면 더 큰 아수라장이 벌어진다. 누가 먼저 올라타나 내기를 하자는 식이다. 팔을 걷어붙이고 멈추지도 않은 기차를 확 낚아채는 청년, 그 뒤로 휘적대며 걷는 성자, 성자를 밀쳐 대는 계집아이, 그 계집아이의 발에 딴지를 거는 은행 관리, 밀치고 찌르면서 돌진해 오는 순례자들의 무리.

이들 사이로 소 떼들은 기차를 탈 것도 아니면서 콧김을 내뿜으며 다가온다. 거기에 빠담(땅콩)과 기름에 튀긴 때 묻은 과자들을 광주리에 이고 설치는 장사꾼들, 난데없이 보자기 같은 검은 천을 얼굴에 뒤집어쓰고 빼꼼히 내민 눈으로 승강구를 찾는 회교도 여인들…….

그중에서도 단연 돋보이는 것은 빨간 천으로 똬리를 한 쿨리(짐 꾼)들이다. 쿨리들은 머리에다 매트리스 뭉치와 트렁크 두 개를 얹은 다음 양팔에 가방 두 개, 겨드랑이에 자루 하나씩을 껴안고 적진을 향해 돌진한다. 몸이 너무 말라서 오랜 기간 금식 수행을 한 자이나교 승려 같지만, 마치 전설 속 용사처럼 비틀거리지도 않고 "짐이오, 짐!"을 외쳐 댄다.

인도의 철도는 전체 길이 6만 킬로미터에 달한다. 이는 세계에서 네 번째로 긴 길이이다. 날마다 하루 1만 1천 대의 기관차가 달리며, 7천여 개의 역으로 9천만 명의 승객을 실어 나른다. 단일 회사로서 160만 명이라는, 세계에서 가장 많은 고용인을 거느린 것이 인도 철도 회사이다. 그리고 세상에서 가장 긴 플랫폼은 서인도 벵골 주에 있는 카락푸르 기차역으로, 길이가 자그만치 833미터나 된다.

현지인들은 그럭저럭 북새통을 뚫고 자리를 차지할 수 있지만, 외국인 여행자는 난감하기 짝이 없다. 이럴 때는 씩씩해 보이는 쿨리에게 5루피를 주고 기차에 미리 올라타 자리를 잡아 줄 것을 부탁하는 방법이 있다.

물론 이제는 인도 전역에 편리한 컴퓨터 시스템이 들어서서 시즌이 아니라면 기차 예약은 그다지 어려운 일이 아니다. 일등칸이나 에어컨 일등칸, 에어컨 침대칸 등을 예약하면 이런 북새통에 시달리지 않고도 신사처럼 편안히 기차 여행을 즐길 수 있다. 그렇게 되면 이등칸의 북새통과 아수라장은 멀리 아득한 곳에서 들리는 파리 떼의 소음에 지나지 않는다.

또 그렇게 되면, 감히 말하건대, 그것은 인도 여행이 아니다. 인도의 기차는 편안함을 찾는 사람들의 것이 아니다. 화려하고 이

국적인 풍경을 노리는 사치스런 여행자는 그곳에 어울리지 않는다. 소음과 북새통 속에서 묵묵히 지상의 삶을 견뎌 낼 줄 아는 자에게 인도의 기차는 열려 있다.

'여행의 백미는 기차 여행이며, 그중에서도 삼등칸 기차 안에 민중의 삶이 있다.'

교통의 발달과 더불어 이것은 이제 사라져 가는 불문율이 되어 버렸지만, 10억의 인구가 버티고 있는 인도에선 아직 그 불문율이 그대로 통용된다. 인도의 기차 여행은 지구상의 그 어떤 종류의 여행과도 다르다고 여행자들은 곧잘 말한다.

인도의 기차는 너무 자주, 그것도 아무 데서나 선다. 그곳이 정거장이든 아니든 상관하지 않는다. 정지하는 이유조차 뚜렷하지 않다. 인도인들은 근처에 자기 집이 있다는 이유로 종종 비상 정지 케이블을 잡아당겨 기차를 세우곤 한다. 그래서 최근에는 비상 정지 케이블을 잡아당기는 사람에게 상당한 액수의 벌금을 물리고 있지만 워낙 대륙이 넓으니 도망치면 끝이다.

기관사 또한 시간 개념이 없기는 마찬가지다. 인도 여행 중에 나는 몇 차례나 다섯 시간 이상 연착한 기차를 경험한 적이 있다. 이유를 물을 때마다 역무원들은 아마도 기관사가 도중에 친구를 만나 저녁을 먹으러 간 모양이라고 태연히 대답하곤 했다.

기차가 이유 없이 정지해서 한두 시간씩 기다려도 인도인들은 마냥 태평스럽다. 그들은 승무원에게 항의하거나 유리창을 때려 부수는 따위의 어리석은 짓은 하지 않는다. 오히려 앞 좌석에 앉은 이상한 외국 친구를 한두 시간 더 구경하게 된 것이 즐거운 표정들이다.

인도의 기차 여행은 불편하기 짝이 없고, 때로 믿을 수 없을 정도로 절망적이었다. 화장실에까지 사람들이 들어차 있어서 소변을 볼 수도 없었다. 온갖 형태의 불구자들이 쉬지 않고 열차 칸을 돌며 구걸하는가 하면, 어떤 여인은 기차도 탈 겸 돈도 벌 겸해선지 줄곧 칭얼대는 아이를 안고 내 앞에 와서 무려 네 시간 동안이나 돈을 달라고 어거지를 부렸다. 돈을 계속 줘도 더 달라고 떠날 생각을 하지 않았다. 그 여자 때문에 나는 숨조차 쉴 수 없었다. 같은 시대에 같은 별에 태어났는데 어쩌면 이렇게 삶이 다를 수 있는지 그 현장에 있으면서도 이해가 가지 않았다.

그러나 그런 아우성과 어거지와 불편함만이 전부라면 인도의 기차 여행은 별 의미가 없으리라. 콜카타로 가는 라즈다니 특급 열차에서 맞은편에 앉은 한 힌두 노인은 느닷없이 내게 물었다.

"당신은 이 세상을 여행하면서 어떤 것을 배웠소?"

그는 남인도 카르나타카에서 온 힌두 탁발승이었다. 둘둘 만 검은 머리를 흰 천으로 동여매고, 이마에는 가로세로로 흰 선과 붉은 선을 그었다.

"당신은 무엇을 이 세상에서 배웠소? 돈을 버는 재주를 배웠소? 아름다움과 추함을 배웠소? 아니면 신이 존재한다거나 내세가 존재한다는 걸 배웠소?"

그는 너무 빼빼 말라 자칫하면 부러질 것 같았지만, 정신만큼은 인도의 고행자답게 푸르게 살아 있었다. 그러는 사이에도 기차는 대평원의 햇살을 어깨로 떠받치며 작은 간이역들을 쏜살같이 지나갔다.

그 힌두 노인은 기차를 내리며 내게 말했다.

"당신은 이 세상에 와서 장사하는 재주를 배울 수도 있고 병고치는 기술을 배울 수도 있소. 하지만 무엇보다 신을 배우도록 하시오. 당신이 이곳을 여행하는 동안 신과 하나가 되지 않는다면 그 여행은 무의미한 것이오."

미스터 싱

남인도 하이데라바드에서 북인도 고락푸르로 가는 삼등석 기차 안에서의 일이다. 나는 옆 좌석에 앉은 시크교인과 친구가 되었다. 나는 그에게 물었다.

"당신은 신의 존재를 믿습니까?"

그가 대답했다.

"그렇습니다."

그는 검은 터번을 머리에 두른 중년 남자였다. 그의 이름은 인데르짓 싱이었다. 나는 그를 미스터 싱이라고 불렀다.

"미스터 싱, 신은 어디에 있습니까?"

미스터 싱이 대답했다.

"신은 내 옆에 계십니다."

깜짝 놀라는 척하며 내가 말했다.

"당신 옆에는 지금 내가 앉아 있는데요. 내가 신이란 말인가요?"

그랬더니 미스터 싱이 겸연쩍게 웃으며 말했다.

"아, 그렇군요. 물론 신은 당신 속에도 계시고, 이 기차 안에도 계시고, 우리 집에도 계십니다."

"그럼 내가 당신 집에 가 봐도 되겠습니까?"

"신의 존재를 확인하기 위해섭니까?"

"아닙니다, 미스터 싱. 난 다만 당신이 사는 집에 가 보고 싶을 뿐입니다."

"좋습니다. 당신과 친구가 됐으니 우리 집에 초대하고 싶습니다."

그렇게 해서 원래 고락푸르에서 내릴 예정이었던 나는 미스터 싱의 집에 초대받아 도중의 럭나우에서 기차를 내렸다. 하이데라바드에서 럭나우까지의 기차 여행은 38시간이 걸렸다.

미스터 싱의 집은 럭나우 시내에서 10분 거리인 알람바그 가에 있었다. 집의 이름은 반다리 빌라였지만, 단층에다 원룸 형태의 집이었다. 방이 곧 거실이고, 거실이 곧 방이었다.

"미스터 싱, 당신의 성소는 어디에 있습니까?"

시크교인의 집에는 신에게 기도를 드리는 밀실이 있다는 걸 들은 적이 있기 때문에 나는 그에게 물었다.

그러자 미스터 싱은 두 손을 벌려 거실을 가리키며 말했다.

"성소라니요? 나에겐 성소가 따로 있지 않습니다. 이 집 전체가 내 성소입니다."

미스터 싱에게는 두 명의 아이가 있었고, 부인은 전형적인 인도 여인이었다. 미스터 싱은 국영 전기회사에 다니기 때문에 집 안에서 사용하는 전기료는 면제 혜택을 받았다. 월급은 한 달에 4천 루피(12만원). 결코 적은 월급이 아니었다.

미스터 싱은 휴가를 맞아 가족을 데리고 남인도 하이데라바드에 있는 시크교 성전을 참배하고 돌아오는 길이었다. 두 아이는 외국인의 방문에 무척 들떠 의자를 들고 온다, 바나나를 가져온다 하며 야단이었다.

저녁을 기다리는 사이에 내가 물었다.

"미스터 싱, 당신은 갠지스강에서 목욕을 하지 않습니까? 인도인들은 흔히들 갠지스강을 강이 아니라 어머니이자 생명의 여신이라고 하던데요."

이웃집에서 빌려 온 팔걸이의자에 앉아 미스터 싱이 말했다.

"우리 시크교인들은 신분 차별 제도나 갠지스강 순례에 반대합니다. 강에서 목욕을 하거나 그 물을 마신다고 해서 불결한 마음이 씻어지는 건 아닙니다."

내가 또 물었다.

"당신의 신은 당신에게 무엇을 가르칩니까?"

"인내심을 갖고 생을 살아갈 것과 타인을 사랑하라는 것입니다. 신은 우리에게 세속적인 것에 뜻을 두지 말고 영적인 길을 걸어가라고 가르치지만, 동시에 성실한 삶을 살라고 가르칩니다."

저녁은 성찬이었다. 온갖 인도 음식과 과일이 좁은 테이블에 가득 올라왔다. 냉장고는 없었다. 다른 인도 가정처럼 음식은 모두 손으로 먹었다.

미스터 싱의 집에는 전화나 오디오가 없었다. 구닥다리 텔레비전이 유일한 전자 제품이었다. 구식 카메라가 하나 있긴 했다. 50밀리 표준 렌즈가 달린, 일회용 카메라처럼 생긴 인도제 카메라였다.

미스터 싱은 자기 집을 방문한 손님을 위해 세심한 배려를 아끼지 않았다. 말씨는 부드럽고 가식이 없었다. 대화를 나누는 동안 한 번도 허풍을 떨거나 경박하게 웃지 않았다. 그의 부인 역시 기품이 있었다. 무엇을 물어도 미소 짓는 게 전부였으며, 함부로 대화에 끼어들지 않았다.

원룸뿐인 집에서 전부 다 함께 잘 수는 없었다. 외국 손님을 위해 미스터 싱은 급히 잠자리를 마련했다. 집 근처에 있는 친구 소유의 건물 2층이 마침 비어 있었다. 미스터 싱은 매트리스와 담요를 끌어안고 가서 그곳에다 편안하게 자리를 깔아 주었다. 어디서 모기향까지 구해 왔다.

다음 날 아침, 나는 미스터 싱의 가족과 함께 럭나우 박물관을 구경했다. 우리는 박물관 앞뜰에서 기념 사진을 찍었다. 나 때문에 미스터 싱은 그날 아침 사원 예배에 불참했고, 회사도 결근했다. 미안한 표정을 짓는 나에게, 그는 자기 집에 귀한 손님이 왔는데 그것이 무슨 문제냐고 반문했다.

"신은 나에게 우정과 사랑을 가르쳤습니다. 그러니 신께서도 우리의 만남을 기뻐하실 겁니다."

그러면서 미스터 싱은 덧붙였다.

"나는 신의 존재를 증명할 순 없습니다. 그리고 그건 내가 할 일이 아닙니다. 난 다만 신의 존재를 믿기에 성실하게 살려고 노력할 뿐입니다. 신은 나의 목표가 아니라 나의 기준입니다."

그날 밤 10시 30분에 나는 럭나우 역에서 바라나시행 기차를 타기로 되어 있었다. 미스터 싱은 직장 출퇴근을 위해 스쿠터 한 대를 갖고 있었다. 그는 뒷자리에 아내를 태우고 기차역까지 환송을 나왔다. 어두운 럭나우의 밤거리를 내가 탄 릭샤가 앞서 달리고, 뒤에서 미스터 싱의 스쿠터가 붕붕거리며 따라왔다.

럭나우 기차역은 인도의 기차역답게 인파로 가득했다. 수많은 여행자들이 야반도주를 하듯 기차역 바닥에 세간살이를 늘어놓고 잠들어 있었다. 기차 또한 인도의 기차답게 몇 시간이나 연착했다. 떠나는 걸 보겠다며 밤 1시가 넘도록 기차를 기다리다가, 미스터 싱과 아내는 마침내 아쉬운 작별을 하고 집으로 돌아갔다. 나는 역 앞까지 나가서, 스쿠터를 타고 떠나는 그들의 뒷모습을 바라보았다. 스쿠터 뒤에 매달린 빨간 등이 가물거리며 어둠 속으로 멀어져 갔다.

자기 집에 찾아온 이방인 친구를 위해 자신들에게 가장 중요한 종교 행사도 취소하고 회사까지 결근하는 미스터 싱이 있었기에 기차역에서 몇 시간 정도 기다리는 것은 그다지 힘든 일이 아니었다. 새벽 4시경에 기차가 꽈앙 하고 경적을 울리며 미안한 기색도 없이 플랫폼으로 들어왔다. 나는 인파를 헤치고 바라나시행 기차에 뛰어올랐다. 그때가 12월 31일, 그해의 마지막 날이었다.

오늘은 뭘 배웠지?

북인도 바라나시의 한 여인숙에서 묵고 있을 때였다. 낮에 이곳 저곳을 구경하고 돌아오면 늙은 여인숙 주인이 내게 묻곤 했다.

"오늘은 뭘 배웠소?"

그는 여행을 하러 온 내게 '오늘은 뭘 구경했소?'라고 묻지 않고 항상 그렇게 물었다. 그 질문이 이상하기도 했지만, 못 들은 척 할 수도 없어서 나는 아무거나 둘러대곤 했다.

"오늘은 인도가 무척 지저분하다는 걸 배웠습니다."

그는 내 대답에 무척 신기해하며, 심부름하는 아이까지 불러서 이렇게 말하는 것이었다.

"이 손님이 오늘 인도가 무척 지저분하다는 걸 배웠다는구나."

그러면 아이도 덩달아 "그래요? 그런 걸 배웠대요?" 하면서 맞장구를 치는 것이었다.

다음 날 주인은 또 물었다.

"오늘은 뭘 배웠소?"

나는 또 아무거나 둘러댔다.

"오늘은 인도에 거지가 무척 많다는 걸 배웠습니다."

그는 "그래요? 그런 걸 배웠어요?" 하면서 또 심부름하는 아이를 불러 자랑하듯 설명하는 것이었다.

나는 그가 아이와 짜고서 나를 놀리는 것으로 생각했다. 그래서 복수를 하기로 작정하고 다음 날 똑같은 질문을 받았을 때 이렇게 대답했다.

"오늘은 인도에 쓸데없는 걸 묻는 사람이 참 많다는 걸 배웠습니다."

그러자 여인숙 주인은 정색을 하며 물었다.

"누가 어떤 쓸데없는 걸 묻던가요?"

나는 그가 내 말뜻을 못 알아들은 건지, 아니면 알아듣고서도 모르는 척하는 건지 몰라 이렇게 말했다.

"그냥 그런 희한한 사람이 있습디다. 안녕히 주무세요."

그런데 그다음 날도 어김없이 여인숙 주인은 똑같은 걸 묻는 것이었다. 나는 하도 어이가 없어 아무 대꾸도 하지 않고 내 방으로 올라갔다. 그러자 주인은 심부름하는 아이에게 이렇게 말했다.

"오늘은 저 손님이 침묵하는 법을 배웠다는구나."

정말 미칠 노릇이었다. 괴상한 여인숙이라는 생각이 들어서 당장 다른 곳으로 옮길까도 했지만, 곧 떠나야 했기 때문에 무시하기로 마음먹었다.

그렇게 일주일을 바라나시에 있는 동안, 나는 매일 저녁 그 이상한 여인숙 주인에게서 그 질문을 들어야만 했다.

"그래, 오늘은 뭘 배웠소?"

그러다 보니 차츰 나도 세뇌가 되었다. 그래서 일주일쯤 지났을 때는 여인숙으로 돌아가는 길에 나도 모르게 스스로 자신에게 묻게 되었다.

"오늘은 내가 뭘 배웠지?"

그것은 바라나시를 떠나 인도의 다른 도시들로 가서도 마찬가지였다. 나는 어딜 가든지 저녁에 숙소로 돌아올 때면 그것을 내 스스로에게 묻곤 했다. 알고 보니 그 여인숙 주인은 좋은 스승이었다.

우리 집에 갑시다

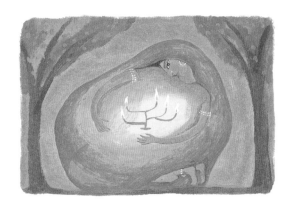

망고 열매는 노랗게 익어 뚝뚝 떨어지는데, 화가 나서 견딜 수가 없었다. 어떻게 그런 말을 하는지 이해가 안 갔다. 길바닥에 떨어진 망고 열매를 아무리 걷어차도 화가 풀리지 않았다. 스승은 결론적으로 말해 우리에게 가슴이 살아 있는 삶을 살라고 가르쳤지 않은가. 그런 스승 밑에서 배우는 사람들이 그렇게 행동한다는 건 정말 뜻밖이었다.

망고 나무 주인이 쫓아와 남의 망고 농사를 다 망쳐 놓는다고 아우성칠 때까지 나는 분을 삭이지 못해 망고 열매를 걷어차고 또 걷어찼다. 물어주면 되지 않느냐고 내가 큰소리치자 맨발의 여

주인은 돈은 고사하고, 저러다가 저 머리 긴 남자가 망고 나무를 송두리째 뽑아 버리지나 않을까 경계하는 표정이 역력했다.

다소 진정이 된 나는 그래도 남에게 손해를 끼쳐선 안 된다는 생각이 들어 길가에서 얼음차 파는 여자와 속닥거리고 있는 그 망고 나무 여주인에게로 다가갔다. 대여섯 개를 걷어찼으니 10루피 정도 주면 되겠지 했는데 여주인은 한사코 받지 않겠다고 했다. 돈을 꺼내 손바닥에 쥐어 줘도 기어코 내 바지 주머니에 도로 찔러 넣었다. 이유를 묻자 그 여주인은 손짓 발짓으로 말했다.

"당신은 마음이 아픈 사람이오. 그래서 내 망고를 걷어찬 것인데 어찌 돈을 받겠소. 그냥 가시오."

봐라! 가진 거 없고 배운 거 없는 여자도 이렇게 남의 마음을 헤아리는데 명상을 배우러 인도까지 온 사람들이 어떻게 그럴 수가 있는가! 나는 또다시 화가 치밀어 망고 나무 밑으로 달려가려고 했다. 여주인이 놀라서 황급히 나를 붙들었기에 망정이지 아니면 망고 과수원을 다 망쳐 놓을 뻔했다.

사건의 발단은 이러했다. 내가 한국에 있을 때 장현숙이란 이름의 여성이 나를 찾아왔다. 그녀는 다짜고짜로 나한테서 명상을 배우겠다고 고집을 부렸다. 나는 명상을 가르칠 입장도 못 되고 세상에는 훌륭한 스승들이 많으니 그들을 찾아가라고 해도 그녀는 막무가내였다.

그녀는 그렇게 몇 번이나 나를 찾아와 명상을 가르쳐 달라고 부탁했다. 결국 나는 그녀를 당시 내가 스승으로 따르고 있던 인도의 오쇼 명상 센터로 보냈다. 그러면서 차츰 그녀의 사연을 알게 되었다. 그녀는 전직 교사였으며 이혼을 한 경험이 있었다. 딸은 남편이 데려가고 홀로된 그녀는 마음의 상처 때문에 교사 생활을 계속할 수가 없었다. 그래서 그만두고 퇴직금으로 가게를 냈는데 그것도 얼마 안 가 문을 닫고 말았다.

이제 수중에 돈도 없고 마음에 상처만 남은 그녀는 내 권유에 따라 전 재산을 털어 인도로 떠났다. 나는 그녀가 명상 센터에서 생활하며 머지않아 마음의 평화를 찾을 것을 기원했다.

그런데 보름 뒤에 내가 뒤따라 인도에 와서 보니 뜻밖의 일이 벌어져 있었다. 마음의 평화를 찾아 명상 센터에 온 장현숙은 이틀 뒤에 곧바로 미쳐 버린 것이었다. 정신이 나가 거리를 마구 쏘다니고 아무한테나 눈을 흘기며 욕을 해 댄다고 했다. 명상 센터에 들어와서는 다른 사람들이 명상하는 도중에 신발을 신고 명상 홀을 뛰어다니며 소동을 일으켰다. 그래서 결국 명상 센터의 관계자들은 그녀의 출입을 금지시켰다.

내가 인도에 도착했을 때 그녀는 임시로 얻은 아파트 골방에 틀어박혀 안으로 문을 잠그고 열흘째 단식 중이었다. 그것은 대단히 위험한 일이었다. 무더운 아열대 기후에 물도 먹지 않고 그런 식으로 있다가는 탈수증에 걸려 죽을 수도 있었다.

당시 그 명상 센터에는 한국에서 온 구도자들이 열 명 정도 있었다. 대부분이 젊은 친구들로, 깨달음을 얻고자 먼 여행을 온 사람들이었다. 나는 장현숙을 어떻게든 도와야 한다는 생각에 그들을 불러 모았다.

그런데 내가 그녀를 그대로 두면 위험하다고 말하자 한 친구가 이렇게 말하는 것이었다.

"나는 그렇게 생각하지 않아요. 그녀가 지금 우리보다 더 진화된 길을 걷고 있는지 누가 압니까? 그녀는 깨달음의 과정을 겪고 있는 중이에요. 그러니 그대로 놔둡시다."

또 다른 친구도 말했다.

"그 말이 맞아요. 또한 우리는 위대한 스승을 만나러 이곳까지 왔는데 다른 일에 시간을 낭비할 순 없어요."

그러자 다른 사람들도 고개를 끄덕이며 말했다.

"우리 자신이 깨달음을 얻지 못한 상태에서는 남에게 진정한 도움을 줄 수가 없어요. 오히려 방해만 될 뿐이죠. 그리고 그녀가 어떤 상태에 있는지 알 수도 없구요."

나는 지금 그녀에게 필요한 건 깨달음이 아니라 물과 음식이며 인간적인 보살핌이라고 설득했지만 다들 더 이상 들으려고 하지 않았다. 한국인 중에 가장 나이 많고 스스로 열렬한 오쇼 추종자라고 주장하는 여성은 보름 동안의 침묵 명상에 참가 중이라며 아예 입을 딱 다물고 있었다.

나는 갑자기 무섭다는 생각이 들었다. 명상을 하고 깨달음을 추구하는 것도 중요하지만 타인의 고통을 이런 식으로 외면한다는 것은 있을 수 없는 일이었다. 사람들은 오후 명상 시간이 됐다며 곧 자리를 떴다. 실망이 이만저만이 아니었다.

나는 정이 떨어져서 명상 센터 밖으로 나왔다. 이런 삭막한 곳에 있으니 차라리 북인도를 여행하는 편이 낫다는 생각이 들었다. 망고 열매들은 노랗게 익어 바닥에 떨어지는데 화가 나서 견딜 수 없었다.

그날 오후에 망고 나무 밑을 떠난 나는 릭샤를 타고 장현숙이 머물고 있는 화장터 부근의 아파트로 갔다. 그녀는 내가 아무리 불러도 방문을 열지 않았다. 옆방에 사는 프랑스 여자는 그녀가 화장실 가는 것도 본 적이 없다고 말했다. 하지만 그녀는 방 안에 있는 게 분명했다. 문틈으로 이따금씩 이상한 괴성이 새어 나왔다.

결국 그날 나는 내 힘으로는 그녀를 밖으로 불러낼 수가 없었다. 그런데 내가 포기하고 돌아서려는 순간 엉뚱한 일이 벌어져 그녀 스스로 문을 열고 나오게 되었다.

나는 그녀의 아파트로 올라오면서 릭샤 운전사에게 밑에서 기다리라고 했었다. 그런데 아무리 기다려도 내가 내려오지 않자 운전사는 차비를 떼였을지도 모른다는 생각에 나를 수소문하고 찾아다녔다. 마침내 나를 발견한 인도인 운전사는 자초지종을 듣고는 나보다 더 애절하게 그녀의 방문을 두드리기 시작했다.

"여보시오, 어서 나오시오. 우리 다 함께 맛있는 걸 먹으러 갑시다. 슬프다고 해서 자신을 괴롭히면 안 됩니다."

그래도 반응이 없었다. 운전사는 마치 자신의 여동생의 일이라도 되는 것처럼 더욱 간절하게 그녀를 설득했다.

"당신은 지금 마음이 아픈 것뿐입니다. 곧 나을 거예요. 어서 문을 열고 우리 집으로 가서 뭘 좀 먹읍시다."

영어가 짧은 운전사는 더 이상 할 말이 없자 이제는 아예 힌두어로 설득하기 시작했다. 그때까지 전혀 반응이 없던 장현숙은 알아들을 수도 없는 힌두어로 누가 마구 떠들어 대자 궁금한 마음이 들어 슬그머니 문을 열었다. 아무 관계도 없는 한 인도인이 전혀 알아들을 수 없는 외국어이지만 진심으로 설득한 결과 그녀는 굳게 닫혔던 문을 열고 밖으로 나올 수 있었다.

그날 저녁 나는 다시 명상 센터의 한국인들을 소집해 장현숙을 데리고 근처 식당으로 저녁을 먹으러 갔다. 잠시 정신이 돌아온 그녀는 음식값까지 자신이 냈다. 그리고 나한테 고맙다며 백 루피를 선물하기까지 했다.

저녁을 먹으며 우리는 노래를 불렀다. 장현숙은 어려서부터의 꿈이 성악가가 되는 것이었다고 고백했다. 그녀가 부르는 이태리 가곡 〈돌아오라 소렌토로〉와 〈남몰래 흘리는 눈물〉은 감동적이었다. 아름다운 목소리, 순수한 영혼을 간직한 그녀의 모습이 잠시나마 우리를 기쁘게 했다. 그로부터 얼마 뒤 그녀는 한국의 부모에게로 돌아갔다. 이 모두가 닫혔던 문을 열게 해 준 평범한 인도인 릭샤 운전사 덕분이었다. 그는 가슴이 살아 있는 진정한 구도자였다.

수리야 다스가 편집한 티벳 이야기 『눈사자』에는 이런 이야기가 나온다. 연못가의 납작바위 위에 앉아 명상하기를 좋아한 한 티베트 노승이 있었다. 그러나 그가 명상을 시작할라치면 작은 벌레들이 연못에 빠져 허우적거리는 것이 눈에 띄었다. 그는 그럴 때마다 삐걱거리는 늙은 몸을 일으켜 그 작은 생명체들을 안전한 곳으로 옮겨 놓고 나서 다시 명상을 시작하곤 했다.

노승과 함께 그 절에서 수행을 하는 다른 승려들은 마침내 노승이 연못에서 벌레들을 건져 내느라 명상 시간 대부분을 허비하고 있다는 사실을 알게 되었다. 크든 작든 의식이 있는 생명체를 구하는 것은 옳은 일이지만, 그런 일에 방해받지 않고 다른 곳에서 수행을 한다면 더 큰 진전이 있을 것이라고 그들은 생각했다. 그래서 어느 날 그들은 노승에게 자신들의 생각을 말했다.

한 승려가 그에게 말했다.

"다른 곳에서 아무런 방해도 받지 않고 명상하는 게 좋지 않을까요? 그렇게 하면 더 빨리 완전한 깨달음을 얻으실 테고, 그때가 되면 고통의 바다에서 허우적거리는 더 많은 중생을 구할 수 있을 텐데요."

어떤 승려는 이렇게 제안했다.

"연못가에서 수행을 하시더라도 아예 눈을 감고 앉아 계시면 어떨까요? 명상할 때마다 수십 번씩 앉았다 일어났다 하면 어떻게 완전한 평정과 정신 집중에 들 수 있겠습니까?"

그렇게 모두들 한마디씩 했다. 형제 승려들의 말을 경청한 노승은 마침내 고개 숙여 감사를 표하며 이렇게 말했다.

"형제들이여, 그대들 말처럼 하루 종일 꼼짝하지 않고 수행하면 많은 진전을 볼 수 있을 것이다. 하지만 불교에 입문할 때 어려운 중생을 돕고 구제하는 데 평생을 바치겠다고 맹세에 맹세를 거듭했거늘, 이제 나이 먹어 아무 쓸모없게 된 이 늙은이 눈앞에서 힘없는 생명이 물에 빠져 죽어 가고 있는데도 그걸 모른 척하란 말인가? 눈을 감고 마음을 닫은 채, 중생을 도우라는 관세음보살의 가르침만 외우고 있으란 말인가?"

노승의 간단하고 분명한 말에 그 자리에 있던 승려들 중 누구도 아무런 대꾸를 하지 못했다.

* 여기에 적힌 장현숙은 본명이 아니며, 그녀가 겪은 마음의 혼란은 정말로 깨달음의 한 과정일 수도 있을 것이다. 또한 그녀를 도운 한국인 구도자들도 여럿 있었음을 여기에 밝힌다. —필자 주

전생에 나는 인도에서 살았다

어떤 장소에 가거나 누군가와 이야기를 하고 있는데, 언젠가도 꼭 한 번 이런 상황이 일어난 것 같다는 느낌이 들 때가 있다. 이른바 데자뷰(기시감) 현상이다.

몇 해 전 올드델리에서 나는 그것보다 훨씬 더 신비한 체험을 한 적이 있다. 그때 나는 자전거 릭샤를 타고 옛 성곽을 보러 가는 길이었다. 릭샤 운전사 샤부가 뜻 모를 얘기를 중얼거리지만 않았어도 상황은 달라졌을 것이다. 시내 중심가에 위치한 찬드니 초크 시장을 꾸불꾸불 지나가고 있을 때였다. 갑자기 샤부가 말했다.

"난 당신을 압니다. 당신은 날 기억하지 못하겠지만 난 분명히 당신을 기억해요."

처음에 나는 샤부가 하는 말에 관심조차 갖지 않았다. 사람들로 가득한 찬드니 초크 시장은 인파와 소음으로 일대 장관이었다. 이마에 붉은 점을 친 힌두교 상인들과 온갖 크기의 터번을 쓴 시크교인, 흰 소가 끄는 마차에 바나나를 가득 싣고 좁은 길을 가로막는 노인, 도망이라도 치듯 일가족과 함께 서너 개의 트렁크를 이고 떠나는 남자, 아열대 지방의 새처럼 "짜이 짜이 짜이, 꼬삐 꼬삐 꼬삐!"하고 외치는 차와 커피 파는 소년들이 한데 뒤섞여 온통 아수라장이었다. 영화의 한 장면이 따로 없었다.

내가 듣든 말든 샤부는 계속해서 말했다.

"우리 인도인들은 대부분 자신의 전생을 기억하지요. 그리고 전생의 만남들도 기억해요. 당신은 분명히 전생에 여기서 살았어요. 그래서 이곳엘 오게 된 것이고요."

인도 여행을 한두 번 한 것도 아닌 내가 그런 수작에 말려들리 없었다. 나를 기억하느니 어쩌니 하면서 자기 삼촌이 운영한다는 기념품 가게로 끌고 가려는 속셈이었다. 물론 전생의 어떤 인연이 있으니까 인도가 그토록 강하게 나를 끌어당겼을 것이다. 하지만 그렇다고 해서 증거도 없이 전생에 인도에서 살았다고 주장할 순 없는 일이었다. 나는 농담하듯이 샤부에게 말했다.

"당신의 논리대로라면 인도에 온 수많은 외국 여행자들 모두가 한 번쯤은 전생에 인도에서 살았겠군. 뭔가 자신도 모르는 사이에 전생의 인연에 이끌려 이리로 오게 된 것 아니겠어?"

스물다섯 살쯤 돼 보이는 샤부는 정색을 하고 말했다.

"당신은 내 말을 우스개로 듣고 있군요. 그렇지 않아요. 난 지금 진심으로 하는 말입니다. 당신은 가까운 전생에 분명히 이곳 델리에서 살았어요. 잘 생각해 보면 당신도 알 겁니다."

나는 웃음을 터뜨렸다. 잘 생각해 봐서 전생을 알 수 있다면 세상에 자신의 전생을 기억해 내지 못할 사람이 없을 터였다. 내가 그 점을 지적하자 샤부가 말했다.

"그래요. 하지만 당신네 외국인들은 자신의 전생에 대해 잘 생각하지 않죠. 전생이 있다는 것조차 믿지 않거든요. 내 말이 틀렸나요?"

도로를 가로막은 소 떼들 때문에 릭샤가 잠시 멈춰선 틈을 타 수드라(최하층 계급) 여인이 갓난아이를 끌어안고 다가왔다. 그녀는 굽은 손을 내밀며 내게 자비를 구했다. 1루피를 주자 또 다른 여인이 뛰어왔다. 전생의 내 누이와 어머니도 여기서 이들과 같은 모습으로 살았을까?

밀려 오는 소 떼들 틈을 비집고 샤부는 요령 있게 릭샤를 몰며 말했다.

"산스크리트어(인도의 고대 언어)에선 인간을 '둘라밤'이라고 하죠. 둘라밤은 얻기 힘든 기회라는 뜻입니다. 인간으로 태어나는 건 매우 드문 기회이니까요. 생물체가 인간으로 환생하려면 8천4백만 번의 윤회를 거듭해야 하죠."

여든네 번도 아니고 8천4백만 번의 윤회라! 그 말을 들으니 유명한 인도 설화가 생각났다. 한 사람이 신전에 바치기 위해 염소를 끌고 갔다. 제사장이 염소의 목을 치려고 칼을 높이 쳐든 순간 염소는 깔깔거리고 웃었다. 제사장이 염소에게 웃는 이유를 묻자 염소는 말했다.

"이제 난 서른 번만 더 죽으면 인간이 될 수 있기 때문이라오."

과연 인도의 염소다운 대답이 아닌가.

내가 진지한 반응을 보이지 않아선지 샤부는 입을 다물고 열심히 페달을 밟았다. 회교도 통치 시절의 옛 수도 올드델리의 거리는 이른 아침인데도 생기로 가득 차 있었다. 어느덧 바르샤(비의 계절)가 끝나고, 태양이 아름다운 샤라다(가을)가 찾아왔다. 만디(시장) 끄트머리에서 한 청년이 안다(달걀)와 팔(과일)과 사브지(야채) 등을 라타(손수레)에 싣고 손님과 흥정을 하고 있었다. 그는 물건을 많이 팔게 해 달라고 손수레 한쪽에 가네쉬 신상을 세우고 그 앞에 아가르바티(향)를 연기 가득 피워 놓았다.

그 순간이었던 것 같다. 갑자기 그 모든 힌두어 단어들이 내 머릿속에 떠오른 것은! 누가 가르쳐 준 것처럼 생생히 그 단어들이 생각났다. 만약 누군가 내게 말을 걸기라도 하면 힌두어 문장이 내 입에서 저절로 흘러나올 것만 같았다. 이상한 일이었다. 주위에서 인도인들이 쓰고 있는 언어가 외국어가 아니라 마치 내가 오랫동안 사용하지 않던 모국어처럼 들렸다.

더구나 지금 내 앞에 펼쳐지고 있는 이 거리 풍경은 이전에 틀림없이 와 본 적이 있는 곳이었다. 흰 옷에 흰 두건에 흰 콧수염을 한 고집 센 관리, 주렁주렁 축제용 금잔화 꽃목걸이를 파는 아주머니, 물통을 손에 들고 철둑길로 똥 누러 가는 아저씨, 우유통을 머리에 이고 가는 가난한 처녀…… 분명히 이 장면과 이 냄새와 이 소음 속에 나는 과거에도 존재한 적이 있었다.

그건 단순한 착각이나 데자뷰 현상이 아니었다. 나는 흥분이 되어 그냥 릭샤 위에 앉아 있을 수가 없었다. 충동적으로 릭샤에서 뛰어내린 나는 그만 샤부와 헤어지고 말았다. 차비를 건네 줄 틈도 없었다. 머리에 자루를 인 한 무리의 인부들이 뒤에서 우르르 밀어닥쳤기 때문이다. 뒤를 돌아보며 샤부를 소리쳐 불렀지만 인부들에 떠밀려 샤부와 나의 거리는 점점 멀어지기만 할 뿐이었다. 그것만이 아니었다. 인부들은 내게서 릭샤 운전사를 멀어지게 했을 뿐 아니라 동시에 현재에서 과거로, 이 공간에서 저 공간으로 휙 하고 나를 밀쳐 냈다.

그렇다! 그때는 이 마을에 보리수와 바니안나무가 많았으며, 감미롭고 매혹적인 향기를 가진 마두말티 나무도 있었다. 헤만타와 쉬쉬라(겨울)의 계절이 끝나고 베산타(봄)의 달이 찾아오면 마두말티 나무의 가지마다에서 수천수만 송이의 꽃이 일제히 피어났었다. 거대한 나무 전체가 온통 흰 꽃으로 뒤덮이곤 했었다. 건조한 대기 속에 꽃들의 열기가 파도처럼 퍼져 나가는 걸 느끼며 내 어린 시절이 흘러갔었다.

아, 나는 분명히 이 거리를 지나갔다. 여기는 분명 내가 존재

했던 곳이고, 한때 내가 살기도 한 곳이었다. 저 모퉁이를 돌아가면 커다란 회교 사원이 있을 것이다. 사원을 지나 몇 개의 골목을 통과하면 붉은 성곽이 나타날 것이다. 그곳에서 나는 전생에 도티(인도 남자들이 허리에 둘러 입는 옷)를 입고 성 안쪽의 낭하를 걸어다니곤 했었다.

아직도 거기에 낭하와 기둥들이 부서지지 않은 채 남아 있을까? 성벽에서 내려다보이던 나디(강)는? 강과 성벽을 오르내리던 반다르(원숭이)들도 아직 그대로일까?

나는 머리가 어지러웠다. 갑자기 모든 기억이 어제 찍은 사진처럼 선명하게 떠오르기 시작했다. 그 속에 뚜렷이 새겨진 인도인 얼굴을 한 청년, 그는 분명히 나였다. 모습은 지금과 달라도 그가 나라는 걸 알 수 있었다.

나는 흥분을 가누지 못하고 지나가는 사람에게 물었다.

"킬라 키트나 두르 헤(성은 어디에 있죠)?"

남자는 내가 예상한 대로 동쪽 방향을 손짓해 보였다. 이젠 누구에게 길을 물을 필요도 없었다. 나는 지리에 익숙한 그곳 사람처럼 곧장 앞으로 나아갔다. 담과 골목과 늙은 나무들이 내 기억 속 풍경 그대로였다. 아직 문명의 뒤켠에 서 있는 그곳은 변한 것이 별로 없었다. 그리고 저 뒤켠에 만화영화의 배경처럼 우뚝 솟아 있는 붉은 성! 나는 한달음에 성곽 안으로 달려 들어갔다.

나는 하루 종일 붉은 성 안을 돌아다녔다. 성루에 올라가서는 멀리 야무나 강을 내려다보았다. 그곳은 한때 너무나 자주 가 보았던 곳이라서, 회랑의 모퉁이를 돌면 어떤 형태의 아치가 나타날 것인지조차 알아맞출 수 있었다.

그리고 그 생에는 내가 사랑한 여자가 있었다. 언제나 나를 이해해 준 아름다운 여인이었다. 그녀는 누구였을까? 그녀의 이름은 무엇이었을까? 나는 마치 조금 전에 헤어진 사람을 찾듯이 열에 들떠 성 안을 돌아다녔다.

회랑의 동쪽 통로를 지나 아랍풍의 무늬가 새겨진 문을 빠져나올 때였다. 한 무리의 인도인 관광객이 내 앞을 지나갔다. 그리고 그 사람들 틈에서 누군가가 앞에 가는 한 여성의 이름을 소리쳐 불렀다.

"미라, 이다르 아이예(미라, 이리 와 봐)!"

그 소리에 한 처녀가 고개를 돌렸다. 그 순간이었다. 어떤 계시와도 같은 울림이 나를 흔들었다. 아, 그렇다. 내가 전생에 사랑했던 여인의 이름은 미라였다. 이제 모든 것이 생각났다. 그녀의 얼굴까지도, 그리고 처음 그녀를 만났을 때의 그 표정과 웃는 모습까지도!

내 마음은 소리쳐 그녀를 불렀다.

"미라!"

그 이름이 성의 복도에서 메아리치듯 울려 퍼졌다. 기둥들 사이에선 아직도 그녀의 모습이 어른거렸다. 그녀를 만지기 위해 나는 손을 뻗었다. 그러나 그것은 불가능한 일이었다. 나는 현생 속에 존재하고 있었고, 그녀는 전생 속 사람이었다. 우리 두 사람은 서로를 바라보고 있었지만 그녀와 나 사이에는 한 생이라는 뛰어넘을 수 없는 간격이 가로놓여 있었다.

나는 환영 속의 미라와 함께 성의 복도를 달려가 다시 야무나 강이 내려다보이는 망루로 올라갔다. 오렌지색 석양이 서서히 강을 물들이고 있었다. 밀려오는 기억들을 주체하지 못해 나는 성벽 아래 웅크리고 앉았다.

미라는 어디로 갔을까? 현생에서 그녀는 어떤 관계로 내 앞에 다시 나타났을까? 아니면 내가 알지도 못하는 사이에 어느새 내 곁에 왔다가 다시 떠나갔을까? 그것으로 이생에선 우리의 만남이 끝이었을까?

나는 미라의 환영에 대고 그것들에 대해 물었다. 그러나 미라의 대답을 들을 사이도 없이 야무나 강은 금방 밤의 어둠에 파묻혀 버렸다. 강 아래쪽에서 물살 하나만 빠르게 달빛에 흰 모습을 드러낼 뿐이었다.

그날 밤 델리의 숙소로 돌아온 나는 오랜만에 깊고 편안한 잠을 잤다. 삶 자체가 그저 하나의 꿈이라는 생각이 들었다. 잠들기 직전에 갑자기 목이 메어서 나도 모르게 눈물이 흘러내렸다. 어떤 풀리지 않던 의문 하나가 내 안에서 툭! 하고 풀어져 버렸다. 인력거 운전사 샤부는 그 후 다시 만날 수 없었다. 이번 생에서 그와의 인연은 그것이 전부였는지도 모른다. 하지만 내 눈에서 또 하나의 비늘을 벗겨 준 소중한 인연이었다.

빈 배

　작은 배를 타고 그를 만나러 가곤 했다. 그는 바라나시의 갠지스강에 지붕이 있는 배 한 척을 띄워 놓고 그 안에서 살고 있었다. 그는 모우니 사두, 곧 침묵의 성자였다. 여행자들이 갖다주는 음식으로 생활하면서 그렇게 30년 넘게 침묵 수행 중이었다.

　나룻배를 저어 그의 배로 가면 일렁이는 물결 위에 긴 머리를 한 그가 앉아 있었다. 그는 말없이 내 눈을 바라보았다. 고요한 시선이 내 영혼 구석구석 파고들어서 어떤 때는 똑바로 그를 쳐다보고 앉아 있기가 어려웠다. 우리는 그렇게 연인처럼 몇 시간이

나 서로의 눈을 바라보며 앉아 있었다.

어떤 사람의 눈을 그토록 오랫동안 바라보고 앉아 있었던 것은 그때가 처음이었다. 그의 눈을 바라보고 앉아 있으면 마치 큰 산을 보고 있는 것 같기도 하고, 유유히 흘러가는 강을 보는 것 같기도 했다.

두 영혼의 만남에는 말이 필요 없음을 그는 가르쳐 주었다. 침묵은 신과 대화하는 유일한 언어임을 그는 가르쳐 주었다.

우리가 그렇게 앉아 있는 사이에도 강둑에선 아수라장이 벌어지고 있었다. 화장터의 시체 태우는 연기, 물을 공중에 흩뿌리며 요가 목욕을 하는 사람, 뭘 사라고 소리 지르는 사람, 집단으로 몰려와 강물에 뛰어드는 순례자들, 카메라 셔터를 눌러 대는 관광객들……

모우니 사두가 탄 배는 그 모든 소음을 초월해 있었다. 그의 눈을 오래 바라보고 있으면 눈물이 나기도 하고, 춤을 추고 싶기도 하고, 나 자신이 물거품이 되어 아득히 사라져 버리기도 했다. 인도에 와서 여러 명상법을 배우러 돌아다녔지만 그의 눈을 바라보는 것만으로도 저절로 명상에 빠져드는 것을 경험했다.

인도 여행에서 돌아왔을 때 나는 누군가를 만나면 오래도록 그 사람의 눈을 바라보는 습관이 생겼다. 침묵하는 모우니 사두에게서 전염된 것이다.

이듬해 나는 다시 바라나시의 갠지스강을 찾아갔다. 모우니 사두가 아직도 묵언 수행 중인 채로 배 위에서 살고 있었다. 서늘한

눈빛도 여전한 채로. 나는 또다시 그의 눈을 바라보며 몇 시간씩 앉아 있곤 했다.

그러나 몇 해가 지나 네팔을 거쳐 다시 바라나시로 갔을 때는 사두는 떠나고 없었다. 사람들에게 물어도 그가 어디로 갔는지 알지 못했다. 강 위에 빈 배만이 떠 있었다. 나는 그 빈 배로 가서 우두커니 앉아 있다가 숙소로 돌아오곤 했다.

하지만 그 모우니 사두는 사실은 어디로도 가지 않았다. 그는 내 안에 그대로 살아 있다. 지금도 나는 명상을 하려고 눈을 감으면 지붕 달린 작은 배 위에서 그 모우니 사두와 함께 마주 앉아 있는 기분이 든다. 하루 일을 마치면 나는 그의 배를 타고 그와 함께 저 먼 세계로 여행을 떠났다가 돌아오곤 한다. 그의 배는 산과 지붕들을 넘기도 하고, 우주 공간을 날아 외계로도 넘나든다.

신나지 않은가!

나는 그와 함께 내 안과 밖 어디든지 갈 수 있다. 많은 스승들이 내게 있었다. 그러나 말 한마디 없이 가장 중요한 것, '침묵'을 가르쳐 준 스승은 그 모우니 사두였다.

나마스카

　서인도에 위치한 뭄바이는 세계에서 가장 매력적인 도시들 중 하나이다. 그냥 스쳐 지나가면 콘크리트 건물의 도시처럼 여겨지지만 며칠 동안 머물며 구경하다 보면 그 숨은 매력을 발견할 수 있다. 뭄바이가 변함없이 인도를 대표하는 도시인 이유도 여기에 있다.

　인도에서 가장 비싼 황금색의 타지마할 호텔 뒤편에는 콜라바 거리가 있다. 배낭 여행자들을 위한 온갖 싸구려 게스트하우스와 식당들이 늘어선 거리이다. 내가 일주일 동안 머문 렉스 게스트하우스도 바로 그곳에 있었다.

게스트하우스 맞은편 골목에는 음료수 가게가 하나 있었다. 아침에 내가 지나갈 때마다 그 가게 주인이 문 앞에 나와 있다가 물었다.

"나마스카, 오늘은 어딜 갑니까?"

나는 잠시 걸음을 멈추고 서서 내가 계획한 하루 일정을 설명하곤 했다.

"오늘은 첫날이니까 당연히 유명한 인디아 게이트를 보러 가야죠. 그런 다음 해안 도로를 산책하며 아라비아해를 감상할 겁니다. 뭄바이가 영화의 도시인만큼 저녁에는 영화라도 한 편 봐야겠지요."

가게 주인은 만족스럽게 고개를 끄덕이며 말했다.

"참 좋은 생각입니다. 역시 여행을 제대로 하는군요."

나는 기분이 우쭐해져서 발걸음도 가볍게 그 자리를 떠났다.

이튿날 나는 다시 가게 주인과 마주쳤다. 그는 또 물었다.

"나마스카, 오늘은 어딜 갑니까?"

나는 또 걸음을 멈추고 서서 지도까지 꺼내 보이며 설명했다.

"오전에는 자이나교 사원에 들렀다가 오후에는 화랑가를 구경할 겁니다. 그리고 저녁에는 네루 공원에 가서 뭄바이 시내를 내려다보는 것도 좋겠지요. 어떻습니까, 내 계획이?"

그러자 그는 매우 만족스럽게 고개를 끄덕이며 말했다.

"대단히 훌륭합니다. 역시 여행을 많이 해 본 사람이라서 다르군요."

아침부터 칭찬을 들은 나는 랄랄라 휘파람을 불며 자이나교 사원을 향해 출발했다. 그런데 한꺼번에 너무 많은 것들을 구경하느라 피곤한 나머지 저녁에 돌아와서는 세수도 제대로 못 하고 쓰러졌다.

다음 날도 그다음 날도 가게 주인은 아침마다 내게 어딜 갈 거냐고 물었고, 나는 더 많은 계획을 자랑했다. 다른 도시에서는 잘 가지도 않던 식물원과 동물원도 구경했으며, 썰물 때를 기다렸다가 바다를 지나 하지 알리 무덤까지 참배했다. 그밖에도 가이드북이나 지도에 표시된 이름난 장소는 모두 구경했다. 그리하여 마침내는 몸살이 나 쓰러질 지경이었다.

닷새가 지나고 그다음날 나는 또다시 게스트하우스 골목에서 그 가게 주인과 마주쳤다. 그는 어김없이 똑같은 질문을 던졌다.

"나마스카, 오늘은 어딜 갑니까?"

나는 입술을 가리켜 보이며 말했다.

"너무 돌아다녀서 입술이 다 부르텄어요. 이젠 볼 만큼 봤고 하니까 오늘은 그냥 인디아 게이트 앞에 앉아 지나가는 사람들이나 구경할래요."

그러자 가게 주인이 말했다.

"이제야 정말로 여행하는 법을 터득했군요. 좋습니다. 나도 함께 갑시다."

그렇게 해서 그날 나는 그 남자와 함께 아침 햇살을 받으며 인디아 게이트가 있는 곳까지 걸어갔다. 그런 다음 인디아 게이트 앞 해변가에 걸터앉아 하루 종일 행인들을 구경했다. 피리를 불어 대는 코브라 아저씨도 보았고, 시골에서 올라온 촌스런 인도인들도 보았다. 그리고 성지 참배 왔다면서 인디아 게이트 앞을 기웃거리는 한국인 단체 관광객들도 만났다.

오후에 날이 더워졌을 때 우리는 근처 리어카에서 코코넛 한 개를 사다가 사이좋게 나눠 마셨다. 그리고 아라비아해의 미풍을 받으며 저녁 거리를 걸어 숙소로 돌아왔다.

이튿날 나는 뭄바이를 떠났다. 배낭을 지고 길을 나서는 내게 가게 주인이 물었다.

"나마스카, 오늘은 어디로 갈 겁니까?"

나는 대답했다.

"나도 잘 모르겠습니다. 그냥 마음이 이끄는 대로 가야죠. 꼭 뭘 구경하러 온 건 아니니까요."

가게 주인은 내 손을 잡으며 말했다.

"어디로 가든지 너무 자신을 이리저리 끌고 다니지 마시오. 한 장소에 앉아서도 많은 걸 볼 수 있으니까요. 좋은 여행이 되길 빌겠소. 그럼 잘 가시오. 나마스카!"

나마스카는 인도인들의 인사말로, '당신 속의 신에게 절을 한다'는 뜻이다.

나는 가게 주인의 축복을 받으며, 한때 일곱 개의 섬이었으며 훗날 영국 왕 찰스 2세의 결혼 지참금으로 바쳐지기도 했던 아름다운 도시 뭄바이를 떠났다. 그 가게 주인처럼, 내 여행의 발길이

닿는 곳 어디에나 나를 인도하는 훌륭한 스승들이 기다리고 있었다.

굿모닝 인디아

한 대학 교수가 있었다. 그는 미국인이었다. 캘리포니아의 UCLA대학 사회학과 교수였다던가. 어느 날 그는 동료 교수들과 함께 네팔로 관광 여행을 떠났다. 도중에 그는 여행 경유지인 인도 북부의 바라나시에서 하루를 머물게 되었는데…….

여기서 그의 이야기는 갑자기 끝이 난다. 왜냐하면 존 아무개라는 그 교수는 그곳 바라나시에서 평생을 보내게 되었으니까. 그는 네팔로도 가지 않았고, 미국으로도 돌아가지 않았다.

생에서 그런 순간을 조심해야 할 것이다. 저기 어딘가에서 인도가 우리를 기다리고 있다. 꽃과 태양과 비의 나라, 사막과 해변과 만년설의 나라, 영원한 지혜를 축복하는 신들의 나라가! 어느 순간엔가 우리는 이 평범한 일상을 탈출해 그곳으로 영원히 사라져버릴지도 모른다.

인도.

'인도인들은 정말로 손으로 음식을 먹을까요? 거리에선 요가 수행자들이 물구나무를 서 있을까요? 소를 숭배하는 나라라서 도심지 한복판에 소 떼가 어슬렁거릴까요? 그들에게선 카레 냄새가 날까요? 갠지스강에 시체와 꽃을 버리고, 또 그 물을 성수라고 마실까요?'

이 모든 물음에 대한 대답은 '예스'다. 인도는 아시아에서 가장 먼저 서구 문명과 만났지만, 여전히 기상천외하고 파격적인 나라이다. 마케도니아의 정복자 알렉산더 대왕은 인도가 페르시아 건너편에 있다는 사실을 알고 있었다. 그는 '인도를 정복하면 곧 세계를 제패하는 것'이라 믿고 역사적인 동방원정 길에 올랐다.

기원전 331년, 티그리스 강가에서 페르시아인을 결정적으로 물리친 알렉산더는 군사를 동쪽으로 몰아 마침내 인도 땅에 도착했다. 그의 군대는 별다른 저항 없이 인도 북서부 지역을 점령했다. 그때가 기원전 326년의 일이다. 그리하여 인도는 영원히 희랍 정복자의 손에 넘어간 것처럼 보였다.

그러나 두 해가 채 지나기 전에 알렉산더는 도망치듯 인도를 떠났고, 두 번 다시 돌아오지 않았다. 그는 인도를 떠나고 얼마 지나지 않아 아득한 서쪽 땅 바빌론에서 알코올 중독자가 되어 생을 마쳤다. 역사가들은 세계 정복을 꿈꾸었던 한 위대한 인간을 파멸로 이끈 것은 다름 아닌 아대륙 인도였다고 주장한다.

알렉산더는 인도를 작은 반도라고 생각했다. 그래서 인더스강을 건너 조금만 전진하면 반대편 해안에 도착할 수 있다고 믿었다. 그러나 인더스강을 건넜을 때 막상 그의 앞에는 광활하기 그지없는 미지의 들판이 나타났다.

기원전 326년 그해, 인도를 정복하고 인더스 강가에서 쉬고 있던 알렉산더의 눈에 몇 명의 탁발승 모습이 비쳤다. 탁발승들은 나체의 몸으로 햇볕을 쬐며 명상에 잠겨 있거나 한가롭게 졸고 있었다. 그들은 도무지 주위 사건에는 무관심한 듯했다.

대철학자 아리스토텔레스의 문하생이기도 했던 알렉산더는 문득 그들이 소문으로만 듣던 동방의 현자들이 아닐까 하는 생각이 들었다. 그래서 그는 젊고 현명한 부하 오네시크리토스를 불러 그들이 뭐하는 자들인가 묻게 했다.

오네시크리토스는 그 탁발승들에게 다가가 물었다.

"당신들은 뭣하는 자들인가?"

탁발승 하나가 조용히 그를 올려다보더니 이렇게 반문했다.

"그렇게 묻는 그대는 누구인가?"

오네시크리토스는 자신을 설명했다.

"나는 위대한 정복자 알렉산더 대왕의 명을 받들어 당신들이 누구이며 무엇을 추구하는 자들인가 묻고 있는 중이다. 당신들은 누구인가?"

그러자 탁발승은 말했다.

"왜 그대의 대왕이란 자는 직접 찾아와서 묻지 않는 것인가? 중개인을 통해 우리가 누구인가를 알고자 한다면, 이는 진흙탕에서 맑은 물을 구하려는 것과 같다. 우리가 누구이며 무엇을 추구하고 있는가를 진정으로 알고자 한다면 그 역시 우리처럼 옷을 모두 벗어 던지고 겸허하게 이 태양 아래 앉아야 할 것이다."

오늘날 우리는 알렉산더처럼 대군을 이끌고 세계를 정복하기 위해 인도에 가지는 않는다. 이제는 인도 여행이 별로 특별한 것이 아닌 세상이 되었다. 책방의 진열장에는 각종 인도 여행기가 즐비하다. 『인도 기행』 『인도 방랑』 『인도 여정』 『인도 성지 순례』……. 어디 책뿐이랴. 〈인도로 가는 길〉 〈시티 오브 조이〉 〈리틀 부다〉 등의 인도 배경 영화가 수많은 관객을 동원한다. 거리에는 인도 치마를 입은 처녀들이 오가고, 인도 액세서리를 파는 가게도 성업 중이다.

바야흐로 인도 열풍이다.

인도는 더 이상 멀고 신비한 나라가 아니다. 신문을 펼쳐 보라. 그러면 그곳에 인도 여행을 권유하는 항공사의 광고문이 '인도에서 돌아오는 사람들은 모두 붓다의 얼굴을 닮아 있어요' 하고 유혹해 온다.

그러나 인도는 결코 다가가기 쉬운 나라가 아니다. 열 번을 여행했지만 인도는 여전히 내게 불가사의하고 신비한 나라이다. 더럽고, 익살맞고, 황당하고, 고귀하고, 기발하고, 화려하다. 인간의 모든 고정 관념을 깨부수는 것들이 뒤범벅되어 마술처럼 펼쳐진다. 인도뿐 아니라 우리의 삶 자체가 그러하지 않은가.

또한 인도인들은 못났고, 가난하고, 마구 밀쳐 대고, 불구자투성이다. 고집 세고, 낙천적이고, 기품 있고, 성스럽고, 때로는 슬플 만큼 삶에 대해 열정적이고, 동시에 베짱이보다 더 게으르다.

그들은 먹을 것도 없으면서 아침마다 신에게 바친다며 강물에 우유를 붓고 뿌웅뿌웅 소라고둥을 불어 댄다. 가장 오래된 사원 전체가 남녀의 현란한 성행위 장면으로 조각돼 있는가 하면, 현대식 건물 벽에다 소똥을 말린다고 덕지덕지 발라 놓기 일쑤이다.

걸인들은 초현대식 건물 옆에 비스듬히 누더기 천막을 걸쳐 놓고 살며 아예 닭과 염소까지 친다. 오래된 성벽을 훔쳐가 집을 짓는 바람에 자이푸르의 유명한 성은 일곱 개의 문만 남고 성벽 대부분이 사라져 버렸다.

물건값을 계속해서 깎으면 "그렇게 물건값을 깎으니까 넌 행복하냐?" 하고 상인들은 반문한다. 절제와 금욕의 도를 실천한다며 거리에서 자신의 머리카락을 마구 쥐어뜯거나 볼따구니를 쥐어박는다. 아예 땅속에 들어가 얼굴만 내놓고 몇 년을 사는 요가 수행자도 있다.

뭄바이의 해변에서는 보석 같은 아라비아해를 감상할 수 있고, 남인도 첸나이의 해변에서는 성난 노도처럼 파도쳐 오는 벵골만을 마주할 수 있는 나라! 그리고 북쪽 캐시미르 지방에서는 신비의 설국들이 우뚝 다가서는 나라…….

인구는 10억을 넘었고, 2백만 명의 박사와 1천만 명의 사두가 사는 나라! 탁발승들은 마음의 평화를 찾아 인도 전역을 방랑한다. 그들의 교리에 따르면 인간은 8천4백만 번의 윤회를 거쳐 비로소 해탈에 이른다.

걸인들은 돈을 줘도 절대로 고맙다는 말을 하지 않는다. 선행을 베풂으로써 자신의 악업을 씻으니, 고마워해야 할 사람은 바로 우리들이라는 것이 걸인들의 관점이다. 그리고 가난은 극복해야 할 불행이 아니라 당연히 받아들여야 할 업보이다.

그런가 하면 그들은 입만 열면 인생의 목적이 지혜의 획득과 마음의 평화에 있다고 주장한다. 수천 년 전부터 소를 숭상해, 우주를 운영하는 신 크리쉬나는 소와 소몰이꾼 사이에서 자라났다. 현대식 건물이 늘어선 도심지 거리에는 소 떼와 자동차와 자전거와 염소, 닭, 돼지들이 같은 행렬을 이룬다.

서양 역사에서 1,000년이라고 하면 긴 시간이다. 로마 제국의 발흥, 쇠퇴, 멸망은 모두 이 기간 사이에 일어났다. 고대 그리스는 그 절반이 채 못 되는 동안에 융성하고 붕괴했다. 그런데 힌두교는 그 기초를 구축하는 데만 꼬박 1,000년(기원전 1500년경부터 500년경까지)의 세월이 걸렸다. 그러나 여전히 대도시를 제외하고는 인구의 9할이 화장실을 이용하지 않는다.

1492년에 콜럼버스는 황금을 찾아 인도를 향해 돛을 올렸다.

그리고 그는 엉뚱한 아메리카 대륙에 도착해 그곳을 인도라 부르고, 그곳 사람들을 인디언(인도인)이라고 부르는 인류사 최고의 코미디를 행했다. 신라의 승려 혜초와 당나라의 현장은 몇 년을 걸어서 서역국 인도에 도착하기도 했다.

대부분의 여행자들이 다시는 오지 않겠다며 떠나지만 1년도 안 되어 다시 찾게 되는 나라!

자신과 다른 이들을 개선하고자 나라를 떠나는 자는 철학자이지만, 호기심이라 불리는 무목의 충동에 의해 이 나라 저 나라를 찾는 자는 방랑자에 불과하다고 로렌스 고울드는 말했다.

나는 그런 방랑자가 되고자 노력했다. 인더스 강가에서 탁발승들이 오네시크리토스에게 반문했듯이, '타인이 누구인가를 묻기 전에 나 자신이 누구인가'를 반문해 보는 장소가 나에게는 다름 아닌 인도였다. 모든 가주말나무 아래가 곧 인도였다. 삐걱대며 지나가는 수레 라타가 인도였다.

그곳에서 나는 때로 당혹스러웠고, 어지러웠으며, 사기를 당하기도 했고, 무서워 도망치기도 했다. 허무하거나, 존재 밑바닥까지 행복하기도 했다. 눈을 똑바로 뜨고서 나 자신과 마주 서 본 적이 있는 곳, 그곳이 바로 인도였다.

어떤 이들은 인도는 자기 마음속에 존재하는 것이라고도 단언한다. 그러니 우리는 굳이 어디로 떠날 필요가 없다는 것이다. 그러나 그런 형이상학적 관념의 비약을 꾀하기 전에, 허름한 게스트하우스의 창문을 열어젖히고 아침의 인도와 마주하는 것이 나는 좋았다. 아열대의 공기, 이상한 새들, 꽃과 짜이의 향, 신전의 인상적인 지붕들, 사리를 휘감고 광활한 들판 너머로 신기루처럼 사라져 가는 여인들, 그러한 것이 나는 좋았다.

내 인생의 황금기는 여행에 있었으며, 특히 인도 여행은 그 황금기의 열매와도 같은 것이었다. 그 속에서 나는 삶을 배웠고, 세상을 알았다. 밤을 지나 보내고, 게스트하우스 문을 나서면 어디나 인도였다. 벌써부터 경적을 울려 대는 릭샤와 소 떼와 해변으로 똥 누러 가는 인도인들에게 나는 큰 소리로 아침 인사를 하곤 했다.

"굿모닝 인디아!"

인디아 어록

인디아 어록 1

눈에 눈물이 없으면 영혼에는 무지개가 없다

다음은 내가 지난 여러 해 동안 인도를 여행하며 인도인들로부터 들은 인상적인 말들을 모은 것이다. 나는 수첩에 〈인디아 어록〉 장을 만들어 그것들을 기록해 두곤 했다. 인도인들은 짤막한 말로 사물의 핵심을 잘 찌르는 것으로 유명하며, 나 역시 그 말들을 듣고 당황하거나 말문이 막힌 적이 한두 번이 아니었다.

길에서, 기차 안에서, 혹은 버스 지붕 위에서 대중 속 현자들과 이야기하다 보면 그 재치 있는 순발력과 번뜩이는 통찰력에 감동하지 않을 수 없었다. 내 여행길을 자꾸만 인도로 향하게 만든 것은 바로 인도 여행의 백미라고 할 수 있는 이 어록들이었다.

60원어치의 기억

"신이 나를 기억하는 한 신은 당신도 기억할 것이다. 왜냐하면 당신이 내게 잘해 주었고, 그것을 내 마음이 평생 동안 기억하고 있을 테니까."

남인도 케랄라 주의 코친에서 만난 한 늙은 걸인에게 2루피, 약 60원 정도를 적선하자 그는 완벽한 영어로 그렇게 말했다. 60원을 얻은 걸 갖고 뭘 그러느냐고 하자 그는 말했다.

"그렇지 않다. 나는 지금까지 내게 적선한 사람들을 한 명도 빠짐없이 기억하고 있다. 만일 당신이 여기에 2루피를 더 얹어 준다면 나는 다음 생에서도 당신의 은혜를 잊지 않고 반드시 기억할 것이다."

60원의 위력이 그 정도까지 된다는 것을 그때 나는 처음으로 알았다.

신발 두 켤레

"당신이 신발 두 켤레를 소유하고 있다고 해서 둘 다 신고 다닐 순 없지 않소. 그러니 나머지 한 켤레는 나를 주시오."

역시 케랄라 주의 트리반드룸에서 버스 지붕에 올라타고 여행할 때였는데, 내 배낭 속에 슬리퍼 한 켤레가 들어 있는 걸 목격하고는 맞은편 궤짝 위에 앉은 손톱 시커먼 인도인이 그렇게 말했다.

안 죽었지 않은가

뭄바이에 사는 깨달은 스승 U. G. 크리슈나무르티를 만나기 위해 릭샤를 타고 갈 때였다. 속도를 줄이라는 내 거듭된 충고에도

불구하고 운전사는 전속력으로 달리다가 결국 릭샤가 전복되고
말았다. 마침 길가 진흙밭으로 떨어져서 목숨을 건졌지만 나는
참을 수 없이 화가 났다. 운전사에게 다가가 죽을 뻔했지 않느냐
고 소리를 지르자 운전사는 오히려 화내는 나를 나무랐다.

"죽을 뻔했을 뿐이지, 죽지 않았는데 왜 화를 내는 거요? 일어
나지 않은 일을 갖고 분노의 감정으로 쓸데없이 자신을 괴롭히지
마시오."

눈물과 무지개

"눈에 눈물이 없으면 그 영혼에는 무지개가 없다."

올드델리에서 만난 젊은 릭샤 운전사가 인생의 고통에 대해 애
기하던 중 나를 돌아보며 그렇게 말했다.

인연

"나는 너를 만나기 위해 이번 생에 태어났다. 그러니 내 생활비
를 네가 전부 대 줘야만 하겠다."

북인도 바레일리에서 만난 얼굴 지저분한 사두는 나를 보자마
자 계속 그렇게 주장했다. 결국 나는 거의 한 달 치에 달하는 생
활비를 그에게 헌납하고야 말았다.

저울을 준 신

동인도 콜카타 시내에서 둥근 저울로 지나가는 사람들의 몸무

게를 달아 주고 동전 한 닢을 받는 직업을 가진 인도인 남자는 인생이 행복한가 묻는 내 질문에 이렇게 답했다.

"행복의 양과 불행의 양은 같은 겁니다. 신이 내게 주지 않은 것보다 준 것들을 소중히 여겨야지요. 신은 내게 벌어먹고 살 저울을 주셨습니다. 그것만으로도 난 얼마나 행운입니까. 이 저울을 주지 않았다면 우리 식구는 굶어 죽었을 거예요."

인도 점성술사

"그대는 내년에 부친을 잃을 것이고, 내후년에 결혼을 해서 5년 뒤 첫아들을 얻을 것이다. 그렇게 되면 만사형통이로다."

세계적으로 유명하다고 사진 앨범까지 내보이며 자기 자랑을 하던 리시케시의 점성가 스리 쿤다리 바바는 기본 시간 3분에 50루피, 게다가 1분 추가 시마다 30루피라는 거금의 복채를 받아 챙기고 나서 그렇게 예언을 했다. 하나도 맞지 않는 점괘였다. 왜냐하면 내 부친은 이미 10년 전에 돌아가셨고, 나도 진작에 결혼을 해서 첫아들이 뛰어다닐 나이가 되었기 때문이다. 내가 사기꾼이라고 소리치며 돈을 돌려 달라고 요구하자 쿤다리 씨는 말했다.

"내 점괘가 틀렸다면 그대는 지금까지 자신의 운명에 역행하는 삶을 살아온 것이다. 그러니 그걸 내가 어쩌란 말인가. 아바탐 수크라 사바레끼 랑그 라치! 그대는 돌아가서 이 문장이 무슨 뜻인지 깊이 명상하라."

하지만 아바탐 수크라 사바레끼 랑그 라치가 무슨 뜻인지, 실제로 그런 문장이 있기나 한 건지 도무지 확인할 길이 없었다.

기다림

북인도 자이푸르에서 만난 한 노인은 나더러 자기를 바라나시의 갠지스강까지 데려다 달라고 하소연했다. 내가 이번에는 시간이 없다고 하자 그는 말했다.

"그럼 여기서 기다리겠소. 내년에 당신이 다시 올 때까지 말이오. 내년에 다시 이곳으로 와서 나를 꼭 데려가 주시오."

돌과 빵

"우리는 밤에 잘 때 배 위에 무거운 돌을 얹어 놓고 잡니다. 공복감을 느끼지 않기 위해서죠. 그런데 오늘은 이 빵을 배 속에 넣고 잘 수 있게 돼 기쁩니다."

벵골 지역의 어느 가난하고 배고픈 남자가 내가 준 빵덩어리를 들고 돌아가며 그렇게 말했다.

주는 행복

"때로는 주고 싶을 때 줄 수 있는 것도 큰 행복이다. 나는 주고 싶어도 줄 게 없다."

내가 한 푼 줄까 말까 망설이고 있자 바라나시의 여자 걸인이 그렇게 충고했다.

대단한 것

자정이 넘어 폭우가 퍼붓는 남인도 첸나이 공항에 내린 나는 릭샤를 타고 게스트하우스로 향했다. 릭샤에 창문이 없었기 때문에 비가 안으로 들이쳐 나는 속옷까지 젖고 말았다. 인도 여행 중에 그런 엄청난 폭우를 만난 것도 처음이었다. 나는 릭샤를 운전하는 늙은 인도인에게 정말 대단한 비라고 말했다.

그러자 그가 말했다.

"낫싱 스페셜! 인생에 대단한 것은 아무것도 없다네."

단순한 지혜

"단순한 지혜를 추구하라. 지혜에도 복잡한 지혜가 있고 단순한 지혜가 있는데, 무엇보다 단순한 지혜를 가져야 한다. 예를 들어 어떻게 하면 깨달음에 이르는가를 연구하는 것은 복잡한 지혜이지만 자신이 이미 완전한 존재임을 믿는 것은 단순한 지혜이다. 단순한 것이 최고의 것이다."

북인도 럭나우 출신의 스승 푼자 바바는 나를 포함한 일단의 서양인 여행자들에게 그렇게 충고했다.

순례자의 물병

"성지 순례자의 물병은 성지를 모두 순례했지만 전과 마찬가지로 여전히 물병으로 남아 있다. 세속적인 마음을 가진 사람도 이와 같은 것이다."

대표적인 힌두교 성지 리시케시에서 만난 한 힌두 노인은 물병을 들고 걸어가는 내게 라마크리슈나의 말을 상기시켰다.

열다섯 살의 질문

"당신이 시를 쓴다니까 묻겠는데, 당신은 시로 표현할 수 없는 것을 깨달았는가? 만일 깨달았다면 그것을 시로써 어떻게 표현하겠는가?"

서부 라자스탄행 '초특급' 열차 안에서 만난 열다섯 살의 당돌한 소년이 내게 던진 질문이다.

어느 장님의 주장

"스무 살 때 난 스스로 결심했다. 진리를 깨닫기 전에는 결코 눈을 뜨지 않겠다고. 그래서 지난 40년 동안 한 번도 눈을 뜨지 않았다. 그러던 어느 날 나는 진리를 깨달았다. 세상을 구경하라고 신이 내게 두 눈을 주셨음을 깨달은 것이다. 그래서 눈을 떴는데, 그 순간 햇빛 때문에 두 눈이 멀어 버렸다. 그래서 이렇게 구걸을 하며 살아가고 있는 것이다."

불타 석가모니가 깨달음을 얻은 장소 보드가야에서 만난 한 걸인은 자신이 장님이 된 사연을 그렇게 설명했다.

우문현답

인도의 물가와 생활비를 묻는 내게 남인도 첸나이의 타밀 족 남자는 말했다.

"나에게 1백 루피를 줘 보시오. 그러면 내가 그 돈을 갖고 며칠을 생활할 수 있는지 보여 줄 테니. 아무리 설명을 하면 뭐하겠소. 직접 봐야 제대로 이해가 가지."

뇌물은 시바 신보다 힘이 세다

"지금은 여행 시즌이라서 전혀 좌석이 없소. 내가 철도청 직원을 30년 동안 했지만 내 능력에다 역장의 힘을 합쳐도 도저히 표를 구할 수 없소. 설령 지금 시바 신이 내려와 나 대신 이 일을 한다 해도 당신이 요구하는 표를 만들어 낼 수가 없소이다."

럭나우 기차역의 매표원은 바라나시까지의 표를 원하는 내게 두 손을 내저으며 도저히 불가능하다고 말했다. 그러나 잠시 후 내가 50루피의 뇌물을 주자 당장에 컴퓨터로 인쇄된 좌석표 한 장을 내밀었다. 그러면서 그는 말했다.

"당신은 정말 행운아요. 딱 한 자리가 남아 있었으니 말이오. 이런 걸 발견하는 재주는 아무에게나 있는 게 아니오."

신년 파티에 참석한 기관사

바라나시행 기차는 다섯 시간이나 연착했다. 이유를 묻자 럭나우의 역무원은 말했다.

"기관사가 신년 파티에 참석하느라 잠시 기차를 세워 두었기 때문이오. 신경 쓰지 마시오."

뭘 신경 쓰지 말라는 건지 이해가 가지 않았다.

원초적 본능

이른 아침에 게스트하우스 밖으로 나갔더니 극장 앞에 예매표를 사려는 사람들이 장사진을 이루고 있었다. 무슨 영화이길래 이렇게 난리들인가 하고서 확인해 보니 샤론 스톤 주연의 〈원초적 본능〉이었다. 나는 이해가 가지 않았다. 인도인들이 이런 말초적인 영화를 보기 위해 장사진을 친다는 것은 약간 상식 밖이었나. 그래서 나는 줄에 서 있는 젊은이들에게 말했나.

"너희들은 종교적인 나라에 산다고 하면서 이따위 영화를 보려고 아침부터 난리들인가? 너희들이 존경하는 간디가 이런 광경을 보면 뭐라고 하겠는가?"

그러자 한 젊은이가 말했다.

"당신은 자기 생각에 따라 비판하기 위해 인도엘 온 거요, 아니면 인도인들이 어떻게 사는가 보러 온 거요?"

진정한 도움

콜카타 초링기 지역에서 구걸을 하는 인도인 청년에게, 열심히 일해서 돈을 벌라고 충고하자 그는 말했다.

"지금 나한테 필요한 건 조언이 아니라 실질적인 도움이다. 당신의 머릿속에 있는 생각을 나한테 주려고 하지 말고 당신의 주머니 속에 있는 걸 조금만 주라."

비판

푸나에서 뭄바이로 가기 위해 장거리 택시를 탔다. 택시 뒷좌석에는 인도인 두 명과 호주인 한 명, 그리고 앞 좌석에는 운전사와 인도인과 내가 탔다. 뭄바이까지 다섯 시간 동안 계속해서 들판 지대를 지나야만 했다.

그런데 날이 어찌나 더운지 다들 졸기 시작했다. 나도 잠깐 졸았는데, 꿈속에서 내가 탄 택시가 앞에서 오는 트럭과 충돌하고 말았다. 깜짝 놀라 눈을 떠 보니 실제로 택시 운전사가 졸면서 운전을 하고 있었다. 나는 얼른 핸들을 움켜잡으며 운전사 머리를 한 대 때렸다.

운전사는 곧 정신을 차리고 운전을 하기 시작했다. 나는 하마터면 죽을 뻔했다는 생각이 들어 운전사에게 계속해서 주의를 주었다. 그랬더니 그 운전사가 참지 못하고 말했다.

"당신은 죽지 않으려고 날 깨운 거요, 아니면 비난하려고 날 깨운 거요?"

인디아 어록 2

크게 포기하면 크게 얻는다

여행에서 돌아와 나는 책상 앞에 앉아 있다. 내가 찍은 몇 장의 사진, 그 속에 박힌 인도인들의 얼굴, 눈을 감으면 언제라도 나는 그들 속으로 돌아갈 수 있다. 그러면 그들이 내 귀에 대고 속삭인다. 너는 이 여행에서 무엇을 배웠느냐고.

밤 깊은 시간, 나는 수첩에 적힌 〈인디아 어록〉을 펼친다. 이것들은 내 여행의 결정체라고 해도 지나친 말이 아니다. 여행을 마치고 돌아와 생각하니 세상 전체가 곧 명상 센터였다. 길에서 만난 사람들 모두가 스승이었다.

밧줄과 그릇과 쌀

"불에 타 버린 밧줄은 그 형태가 그대로 있다 해도 물건을 묶을 수 없고, 불에 한번 구운 그릇은 그 깨진 조각으로 다시는 그

룻을 만들 수 없다. 또 일단 불에 익힌 쌀은 땅에 심어도 다시 싹이 트지 않는다. 한번 사랑에 자신을 바친 사람은 이와 같아야 한다."

벵골 출신의 위대한 성자 라마크리슈나의 가르침을 추종하는 청년이 들려준 말.

수닐

"당신이 이곳에서 여행 중에 문제가 생기면 곧바로 나한테 연락하시오. 수닐을 찾으면 모르는 사람이 없을 것이오. 내가 책임지고 도와주겠소. 난 당신의 친구이니까."

따뜻한 마음씨를 가진 청년 수닐과 나는 버스 안에서 만나 친구가 됐으며, 뭄바이 근처 푸나 시에서 함께 내렸다. 수닐은 무슨 문제든 곤란한 일이 생기면 꼭 자기를 찾으라고 다짐하고는 헤어졌다. 그런데 정작 수닐을 찾자 아무도 그런 사람을 알지 못했으며, 더구나 그 도시에는 수닐이라는 이름을 가진 사람이 백 명은 넘는다는 사실을 나중에 알게 되었다.

새 구두와 헌 구두

남인도 하이데라바드에서 북인도 고락푸르로 가는 기차 안에서 밤중에 도둑이 승객이 벗어 놓은 새 구두를 훔쳐 신고 달아났다. 경찰에 신고하라는 내 말에 구두를 잃어버린 그 승객이 탄식조로 말했다.

"도둑이 이미 새 신발을 신고 멀리멀리 도망쳤는데 헌 신발을 신은 경찰이 무슨 수로 잡겠소?"

포기

"크게 포기하면 크게 얻는다."

콜카타 초링기 지역에서 만난 한 걸인은 내가 몇 푼을 줄까 망설이자 그렇게 충고했다.

인생을 변화시킨 만남

"난 어렸을 때 여기서 크리슈나무르티가 강연하는 모습을 보곤 했다. 그는 이 바위에 걸터앉아 사람들과 대화를 나누었다. 난 그가 하는 얘기를 잘 이해할 순 없었지만 그가 무척 진지한 사람이며 아름다운 영혼의 소유자임을 알았다. 그와의 만남은 내 삶을 바꿔 놓았다."

첸나이의 크리슈나무르티 재단에서 일하는 인도 청년은 나와 함께 정원을 산책하던 중 그렇게 말했다.

대나무와 갈대

"대나무의 마디들을 쳐다보라. 그것들은 일정한 간격으로 대나무를 받쳐 주고 있지 않은가? 생활 속에 규칙적인 명상이 없다면 마디가 없어 쓰러지는 갈대와 같은 것이다."

리시케시의 한 수행자가 한 말.

날마다 처음 오는 사람

바라나시에서 배낭 여행자들에게 가장 인기 있는 숙소는 비시누 레스트하우스이다. 그러자 어떤 약삭빠른 인도인이 2백 미터쯤 떨어진 후미진 곳에 '비시누 게스트하우스'를 세우고는 릭샤 운전사들에게 커미션을 주고 여행자들을 그곳으로 데려오게 했다. 여행 가이드북에서 비시누 레스트하우스의 명성을 익히 들은 여행자들은 아무것도 모른 채 이름이 비슷한 비시누 게스트하우스로 끌려가기 일쑤였다.

한밤중에 바라나시에 도착한 나를 젊은 릭샤 운전사는 초보 여행자인 걸로 착각하고 비시누 게스트하우스로 데려갔다. 내가 바라나시에 이미 여러 차례 왔음을 주장하며 혼을 내자 그 릭샤 꾼은 말했다.

"당신은 자신이 처음 이곳에 오는 게 아니라고 주장하고 있지만, 나는 이곳에 처음 온 사람이다. 나는 날마다 처음 이곳에 온다. 나는 날마다 새롭게 태어나기 때문이다. 그래서 모든 것이 새롭다."

결혼 선물

"내 딸이 얼마 안 있으면 곧 결혼을 해야 한다. 당신은 내 친구이니까 당신에게서 내 딸의 결혼 선물을 받고 싶은 게 내 솔직한 심정이다. 당신이 지금 갖고 있는 그 카메라를 선물로 준다면 우리 가족 모두가 기뻐할 것이다. 또 만일 당신이 그 카메라를 결혼 선물로 준다면 내 딸을 당신에게 시집 보낼 수도 있다. 진지하게 잘 생각해 달라."

10년 전쯤 아그라에서 뉴델리로 가는 기차 안에서 만난 공무원 티와리 씨가 그렇게 익살스럽게 제의했다. 그래서 어떻게 하는가 보려고 내가 기꺼이 그러겠다고 동의하자 그는 사랑하는 마음도 없이 카메라 하나로 한 여성을 소유하려고 하느냐고 되레 화를 냈다.

눈과 입

"눈은 입으로 말할 수 있는 것보다 더 많은 걸 말할 수 있기 때문이다."

인도인들은 사람을 왜 그렇게 끝없이 쳐다보느냐는 내 질문에 한 인도인 청년이 말했다.

일과 휴식

"당신들은 왜 부지런히 일하지 않는가?"

내가 묻자 스리나가르의 남자가 대꾸했다.

"당신들은 왜 쉬지 않는가?"

꾸지람

"당신처럼 학식 있어 보이는 사람이, 더 많이 줄수록 더 많이 돌려받는다는 사실을 왜 모른단 말인가?"

자이푸르의 여자 걸인은 내가 10파이샤(3원) 동전을 적선하자 그렇게 훈계했다.

설득

또 다른 노인 걸인은 말했다.

"당신이 1락(10만 루피)을 벌기 원한다면 우선 나한테 10루피를 주라. 당신이 잘 베푸는 사람이라는 걸 알아야 신이 당신에게 잘 베풀 것 아닌가? 세상에 공짜가 없다는 걸 당신도 알 것 아닌가?"

소매치기의 설법

"당신의 가방 속에 무엇이 들었는지는 모르지만 난 당신이 그것들 때문에 불안해하지 않기 바란다. 자신의 소유물 때문에 불안해하면서 어떻게 종교적인 나라를 여행한다고 할 수 있는가?"

소매치기가 분명한, 눈이 희번득한 중년 남자는 내가 경계의 시선을 늦추지 않고 배낭을 꼭 부둥켜안고 있자 사뭇 훈계조로 말했다. 알라하바드로 가는 복잡한 삼등칸 열차 안에서의 일이다. 그래도 내가 긴장을 풀지 않자 그는 궁금해 죽겠다는 듯이 물었다.

"도대체 그 배낭 속엔 무엇이 들었지?"

신이 준 아침 식사

네팔 카트만두로 가는 비행기표를 끊으려고 바라나시의 인디아 항공사 사무실을 찾아갔을 때였다. 일찍 나서느라 아침을 못 먹었기 때문에 도중에 바나나 한 다발을 사들고 갔다. 그런데 바나나를 들고 사무실에 들어가는 것이 창피하다는 생각이 들어 나는 마침 사무실 입구에서 기다리고 있는 어떤 릭샤 운전사에게 바나나를 맡기고 들어갔다.

잠시 후 표를 끊어 갖고 나와 보니 릭샤 운전사는 내 바나나를 다 빼 먹고 축 늘어진 껍질들만 두 손에 들고 있었다. 내가 기가 막혀 하자 그는 당당한 어조로 말했다.

"나는 신의 존재를 믿는 독실한 힌두교 신자이다. 그런데 신이 내게 세공한 아침 식사를 서설하란 말인가!"

배낭으로부터 배워야 할 것

델리에서 북부 편잡 지방의 아므리차르로 가는 여덟 시간 거리의 이등칸 기차 안에서 나는 자이나교 출신의 한 노인과 이런저런 한담을 나누었다. 그러다가 문득 노인은 우리는 세상의 모든 것들로부터 배워야 한다고 주장했다. 자연 현상뿐 아니라 인간이 만든 것들로부터도 배워야 한다는 것이었다. 바람으로부터는 세상에 집착하지 않는 것을 배워야 하고, 강으로부터는 더 큰 세계로 나아감을 배워야 하며, 인간이 만든 기차로부터는 모든 것이 스쳐 지나간다는 것을 배워야 한다고 그는 역설했다.

나는 문득 생각이 나서 물었다.

"신발로부터는 무엇을 배워야 하죠?"

그가 말했다.

"어떤 어리석은 자가 쓸데없는 걸 발명하면 그것이 얼마 안 가서 전 세계에 퍼져 버린다는 걸 배울 수가 있지."

그것도 그럴듯해 보여서 나는 또 다른 것을 물었다.

"그럼 내가 들고 있는 이 배낭으로부터는요?"

그러자 노인이 말했다.

"안에 먹을 것이 들어 있으면 앞에 앉은 사람과 나눠 먹어야 한다는 것!"

부활하는 사람

인도인들은 죽어서 갠지스강에 재가 뿌려지는 걸 크나큰 축복으로 여긴다. 특히 바라나시의 갠지스강은 목숨이 얼마 붙어 있지 않은 노인들이 각지에서 몰려와 죽기 전까지 적선을 하는 곳으로 유명하다. 그들이 번 돈은 화장 비용으로 쓰인다. 구걸하는 한 노인에게 내가 말했다.

"당신은 작년에 내가 왔을 때도 구걸을 하더니 아직도 죽지 않고 여전히 구걸을 하고 있군요."

그러자 그가 말했다.

"난 밤마다 죽지만 아침이면 부활한다네. 그걸 난들 어쩌란 말인가."

끝없는 시도

얼마 전까지만 해도 인도에서 한국으로 전화를 걸려면 하루를 온통 까먹어야 했다. 전화 사업소에 가서 아무리 다이얼을 돌리고 또 돌려도 뚜뚜거리기만 할 뿐 연결이 되지 않았다. 나중에는 손가락이 뻣뻣할 정도였다. 끝없이 시도하는 나를 보고 경리 창구에 앉은 청년이 말했다.

"시도하고, 시도하고, 끝없이 시도하다가 죽는 것이 인생이다. 그것도 누군가와 말 몇 마디 나누기 위해."

가장 먼 거리

리시케시의 강가에서 어느 날 나는 한 스와미와 얘길 나누었다. 그는 남인도 트리반드룸에서 왔으며, 리시케시까지 기차를 타고 오는 데 100시간 이상이 걸렸다고 말했다. 내가 놀라며 그런 먼 거리를 왔느냐고 하자 그는 말했다.

"그것보다 더 먼 거리가 있습니다. 세상에서 가장 먼 거리는 사람의 머리와 가슴까지의 30센티밖에 안 되는 거리입니다. 머리에서 가슴으로 이동하는 데 평생이 걸리는 사람도 있습니다."

가장 큰 소리

티베트의 지도자 달라이 라마가 머물고 있는 북인도 다람살라로 가는 길이었다. 장거리 시외버스 안에서 나는 옆자리에 앉은 중년의 인도인과 많은 대화를 나누었다. 나는 특히 중국이 티베트를 점령하고 있는 것에 분개하며, 인류가 이렇게 계속해서 파괴적인 마음을 좇다가는 머지않아 멸망하고 말 것이라고 주장했다.

더구나 대기오염과 환경 파괴가 갈수록 심각해지니 전쟁이 아니라도 살아남기 어려울 것이라고 나는 말했다. 내 얘기를 한참 동안 듣고 있던 그 인도인이 말했다.

"다른 사람의 가슴에 귀를 대고 들어 보시오. 그러면 심장 뛰는 소리가 얼마나 큰지 알 수 있습니다. 이 지구에 살고 있는 사람들 모두의 심장 뛰는 소리를 합하면 정말 엄청난 소리가 될 겁니다. 누군가의 가슴에서 심장이 뛰고 있는 한 우리에게 희망은 있습니다."

행동

"무엇을 하며 삶을 살아가야 할까요?"

내가 묻자 머리를 산발한 요가 스승이 말했다.

"적게 말하고, 많이 행동하라."

비밀

바라나시의 갠지스 강가를 걷고 있는데 한 힌두 걸인이 내게 외쳤다.

"내게 인생을 가르쳐 주시오, 스와미! 나는 돈이 필요 없는 걸인이오. 그 대신 나한테 생의 비밀을 말해 주시오."

그는 나뭇가지 같은 손가락을 흔들며 그렇게 외쳤다. 내가 아무 대답도 못 하자 그는 또 소리쳤다.

"스와미, 당신이 모르면 내가 당신에게 말해 주겠소. 신이 감추고 있는 삶의 비밀을 내 알려주겠소. 이리 오시오, 스와미! 난 돈이 필요 없는 사람이오."

편지 /

"나의 친구 미스터 류시화에게. 나는 여기서 잘 지낸다. 당신은 거기서 잘 지내는가? 당신이 언제나 행복하기를 신에게 기원드린다. 나는 글을 써 본 적이 없기 때문에 길게 쓸 수가 없고, 할 말도 많지 않다. 그 대신 당신이 긴 편지를 보내 달라. 그럼 잘 있으라. 올드델리에서, 프렘 찬드로부터."

이것은 내가 인도에서 만난 친구에게서 받은 편지의 전문이다. 글을 쓸 줄 몰라 남이 대신 써 준 이 편지는 생전 처음 보내는 편지임이 분명했다. 편지를 대필시키고 봉투에 넣은 다음에는 우표를 어디에 붙일지 몰라 엉뚱하게 봉투 뒷면 한가운데 붙여 놓았다. 그래도 편지는 배달이 되었고, 나는 그것을 1년이 넘도록 호주머니에 넣어 갖고 다녔다.

편지 2

북인도 스리나가르 여행 중에 나는 발가락이 곪아 고생하는 한 여성에게 내가 갖고 있던 비상약을 주었다. 그리고 병원에 가라고 약간의 치료비를 준 적이 있었다. 1년쯤 뒤에 그녀에게서 편지가 왔다.

"나의 충실한 브라더에게. 당신은 나한테 잘해 주었다. 그걸 나

도 알고 시바 신도 알고 옆집에 사는 고팔라도 안다. 콜카타로 이
사 간 사촌도 내가 말해서 잘 안다. 당신이 준 약 때문에 나는 이
제 다리가 다 나았다. 내 편지가 틀린 글자가 많지만 내가 뭘 말
하는지 당신은 알 것이다. 당신의 예민한 시스터 사돌리카로부터.
스리나가르에서."

편지 3

"존경하는 친구에게. 당신이 하는 일이 잘된다면 그것은 내가
신에게 기도하기 때문이다. 그런데 나한테는 별로 좋은 일이 찾아
오지 않는다. 그것은 당신이 나를 위해 기도하지 않기 때문이 아
닌가. 바쁘더라도 꼭 나를 위해 기도해 달라. 그럼 또 만나자. 뭄
바이에서, 쉬레스타가."

노 프라블럼 명상법

갠지스강에서 배를 타고 지나가는데 한 인도인이 작은 보트를 저어 열심히 달려왔다. 보트 위에는 목걸이며 보석 상자 등 자질구레한 물건들이 실려 있었다. 배를 타고 지나가는 여행자들에게 기념품을 판매하는 보트 마켓이었다.

내가 일부러 무관심한 척하는데도 그 상인은 물건들을 일일이 꺼내 보이며 하나만 팔아 달라고 사정을 했다. 결국 나는 평화롭게 강 풍경을 구경하기 위해서라도 10루피짜리 목걸이를 하나 살 수밖에 없었다.

그 상인이 떠나고 몇 분 지나지 않아서 또 다른 보트가 열심히 노를 저어 내가 탄 배 쪽으로 달려왔다. 아까와 똑같은 물건을 파는 상인이었다. 나는 더 이상 방해받고 싶지 않아서 조금 전에 산 목걸이를 들어 보이며 그에게 말했다.

"참 안됐소. 난 방금 전에 벌써 이 목걸이를 샀지 뭐요. 당신이 5분 늦게 오는 바람에 기회를 놓치고 말았소."

그러자 나중에 온 그 인도인 상인은 말했다.

"노 프라블럼! 안됐다고 생각할 것 없소. 나는 이 자리에 5분 늦게 오도록 이미 정해져 있었소. 걱정하지 마시오."

그렇게 말하고 나서 그는 다른 배를 향해 떠나갔다. 말만 그럴 뿐 아니라 그는 자신이 5분 늦게 와서 물건을 팔지 못하게 된 것에 대해 조금도 아쉬워하거나 실망하는 표정이 아니었다. 정말로 '노 프라블럼'이었다.

인도를 여행하는 중에 가장 많이 듣게 되는 말이 바로 이 '노 프라블럼'이다. 언제 어디서 어떤 문제가 닥쳐와도 그들은 '노 프라블럼'이라고 말한다. 돈이 없어도 노 프라블럼이고, 자전거가 펑크 나도 노 프라블럼이며, 죽을 뻔하다가 살아났어도 이미 살아났으니 노 프라블럼이다. 기차가 무한정 연착을 해도 노 프라블럼이고, 인도 대사관에 비자 재촉을 해도 노 프라블럼이니 무조건 기다리라고 말한다. 이미 수천 년 전부터 정해져 있는 대로 모든 일이 잘 진행될 텐데 왜 스스로 안달하고 초조해져서 자신을 괴롭히냐는 것이다.

한번은 뭄바이에서 여권을 분실한 적이 있었다. 어디서 분실했는지 몰라 당황하는 나에게 인도인들이 가장 많이 해 준 충고가 '노 프라블럼'이었다. 여권을 잃어버린 것만도 충격적인 일인데 스스로 불안한 생각을 만들어 자신을 괴롭힐 것이 아니라 가능하면 마음을 평화롭게 가지라는 것이었다. 언젠가는 여권을 찾게 될 것이고, 설령 찾지 못한다 해도 여권이 없다는 이유로 목숨을 잃진 않는다는 논리가 그 '노 프라블럼' 속에는 담겨 있었다.

물론 그것이 말처럼 쉬운 건 아니었다. 여행자에게 필수품인 여권을 분실하고서도 마음을 평화롭게 가질 만큼의 수준에 나는 아직 도달해 있지 않았다. 그래서 하루 종일 불안과 초조에 시달려야만 했다. 그래서 어떻게 됐는가? 결국 여권은 배낭 속 비상 주머니 속에서 보란 듯이 발견되었다. 애초부터 노 프라블럼이었던 것이다.

나는 또 명상 센터의 책 만드는 부서에서 잠시 일을 한 적이 있었다. 나 말고도 인도인들을 비롯해 몇몇 외국인들이 그 부서에서 함께 일을 했다. 그런데 다들 어찌나 수다스럽고 장난이 심한지 제대로 정신을 집중할 수 없었다. 글 한 줄 쓰려고 해도 숨바꼭질을 해 대며 소란을 피우는 통에 귀마개를 해야 할 판이었다. 마침내 나는 이 문제를 놓고 옆자리에 앉은 30대 중반의 인도인 여성과 진지하게 대화를 시도했다. 그러자 그녀는 말했다.

"우리 모두 노 프라블럼인데 왜 너만 문제인가? 우리는 즐겁고 신나게 일하는 법을 배우기 위해 이 명상 센터에 왔다. 어떤 결과를 얻는 것도 중요하지만 과정이 더 중요하다. 그리고 봐라, 너 혼자만 심각해서 결국 네가 가장 진도가 늦지 않은가. 우리는 웃고 장난치면서도 두 배의 일을 하고 있다."

그러면서 그녀는 내게 충고했다.

"네가 배워야 할 것은 심각하게 목표를 달성하려는 자세가 아니라 아무것도 문제 삼지 않는 노 프라블럼의 자세다. 그때 넌 행복해질 것이다."

그녀의 말이 옳았다. 다들 나보다 더 많이 놀면서도 더 많은 일을 하고 있었다. 나 혼자서만 불행한 표정으로 끙끙대고 있었던 것이다. 그녀의 충고대로 노 프라블럼의 마음 자세를 유지한 결과 나는 그 부서의 모든 사람들과 친구가 될 수 있었고 더 창조적으로 일할 수 있었다.

내가 버스를 놓쳐 발을 구르고 있어도 인도인들은 버스를 세워 주는 대신 노 프라블럼을 외쳤고, 이질 설사병에 걸려 한 시간이 멀다 하고 화장실을 드나들어도 노 프라블럼이 그들의 처방전이었으며, 숙소를 구하지 못해 나무 밑에 쭈그리고 앉아 있어도 노 프라블럼이라고 타일렀다.

노 프라블럼 명상법은 결론적으로 이것이다. 외부에서 일어나는 일로 결코 자신을 괴롭히지 말라는 것이다.

신발을 잃어버렸는가? 노 프라블럼이다. 인류는 수만 년 동안 맨발로 정글 속을 누비고 다닌 역사가 있다. 그러니 당신이 몇 시간 동안 맨발로 다닌다고 해서 원숭이로 퇴화하는 것은 아니다.

대학 입시에 떨어졌는가? 노 프라블럼이다. 대학에 갖다 바칠 등록금으로 인도 여행을 떠나면 몇 년을 귀족처럼 다니며 대학에서 배울 수 없는 소중한 것들을 배울 수 있다.

누가 약속을 지키지 않았는가? 노 프라블럼이다. 그 사람은 이미 그런 식으로 약속을 지키지 않도록 수천 년 전부터 정해져 있었는지도 모른다. 따라서 그는 자신에게 맡겨진 배역을 훌륭히 해낸 사람이다. 그리고 그가 그 배역을 당신 앞에서 해 보인 데는 분명히 어떤 교훈이 있을 것이다.

짐작건대 인도 사상에 많은 영향을 받은 것이 틀림없는 희랍 철학자 에픽테투스는 말했다.

"삶에서 잃을 것은 아무것도 없다. 어떤 경우에도 '난 이러이러한 것을 잃었다'고 말할 것이 아니라 '그것이 제자리로 돌아갔다'고 말하라. 그러면 마음의 평화를 잃지 않을 것이다. 너의 배우자가 죽었는가? 아니다. 그는 본래의 자리로 돌아간 것뿐이다. 너의 재산과 소유물을 잃었는가? 아니다. 그것들 역시 본래의 위치로 돌아간 것이다."

여기 다년간의 인도 여행에서 내가 터득한 〈노 프라블럼 명상법〉을 소개한다.

1. 아침에 일어나 거울을 보면서 '노 프라블럼!'을 열 번씩 외친다. 이것을 가장 신성한 만트라로 여기고, 잠자기 전에도 거울을 보면서 '노 프라블럼!'이라고 큰 소리로 열 번 외친다.
2. 누구를 만나더라도 '노 프라블럼!'이라고 인사한다. 그리고 모든 대화를 '노 프라블럼!'이라는 말로 시작한다. 상대방이 자신을 머리가 이상한 사람으로 여긴다 해도 그런 것쯤은 '노 프라블럼'으로 여길 수 있어야 한다.

3. 자신이 사용하는 수첩과 노트의 맨 앞 장에 굵은 글씨체로 '노 프라블럼!'이라고 적어 놓는다. 어떤 책을 사서 읽더라도 첫 장에 '노 프라블럼!'이라고 적어 놓는다. 당신이 대여점에서 책을 빌려다 읽었는데 맨 앞 장에 '노 프라블럼!'이라고 적혀 있다면 당신도 순간적인 깨달음을 얻게 될지도 모른다.

4. 누가 어떤 문제로 고민을 하고 있으면 '모든 것이 다 노 프라블럼'임을 설명해 준다. 그래도 그가 계속 고민하면 포기하지 말고 더욱더 '노 프라블럼'을 말해 줘야 한다. 그러면 언젠가는 그 사람도 이 삶에 문제될 것은 아무것도 없음을 깨달을 것이다.

5. 마지막으로, 이 노 프라블럼 명상법의 충실한 실천자가 되기 위해서는 지금까지 말한 방법을 제대로 실천하지 못한다 해도 스스로에게 화내지 말고 '노 프라블럼!' 하고 외쳐야 한다. 당신이 이 명상법을 실천하지 않는다 해도 당신의 인생에서 문제될 것은 아무것도 없다.

인도의 영적 스승 사티야 사이 바바는 말했다.

"사람들은 곧잘 아는 것이 힘이라고 말한다. 그러나 문제를 초월하는 자세가 더 큰 힘이다."

하늘 호수로 떠난 여행

초 판 1쇄 발행 1997년 5월 10일
초 판 83쇄 발행 2011년 11월 17일
개정판 1쇄 발행 2015년 9월 17일
개정판 14쇄 발행 2024년 6월 14일

지은이 류시화
펴낸이 정중모
펴낸곳 도서출판 열림원

등록 1980년 5월 19일(제406-2000-000204호)
주소 경기도 파주시 회동길 152
전화 031-955-0700 | 팩스 031-955-0661
홈페이지 www.yolimwon.com | 이메일 editor@yolimwon.com
페이스북 /yolimwon | 트위터 @yolimwon | 인스타그램 @yolimwon

ISBN 978-89-7063-946-8 03810

● 책값은 뒤표지에 있습니다.

● 이 책의 판권은 저자와 도서출판 열림원에 있습니다. 이 책 내용의
전부 또는 일부를 재사용하려면 양측의 서면 동의를 받아야 합니다.

이 도서의 국립중앙도서관 출판예정도서목록(CIP)은
서지정보 유통지원시스템 홈페이지(http://seoji.nl.go.kr)와
국가자료공동목록시스템(http://nl.go.kr/kolisnet)에서 이용하실 수 있습니다.
(CIP제어번호 : CIP2015024212)